U0066096

普 天 之 下 · 盡 是 好 書
普天出版家族
Popular Press Family
凌雲文創
A-Plus Creative Company

日本無賴派文學大師太宰治代表作品

斜陽

しゃよう

太宰治 著

《斜陽》是日本無賴派文學大師太宰治於二次大戰後撰寫的成名代表作，
也是昭和文學的金字塔鉅著，描寫戰後混亂苦悶的社會中，
一個貴族家庭的沒落過程，恰如太陽西沉；
備受壓抑的女主角則藉著為心愛的人懷孕生子，
向傳統愛情觀與道德觀挑戰，重新發現生命的價值與喜悅。
當戰後的現實社會陷入頹敗破滅危機，
太宰治的文學恰如斜陽的柔弱光芒，照射在這片殘破的人間廢墟……

【名家推薦】

• 太宰治的作品分為二個人格，一方面帶著自身經歷的掙扎，另一方面則是坦然描述著血的事實。正因如此，比起那些把自己當成上帝的作家，他更能打動讀者。

——高爾基

• 精神的潔癖，讓像太宰治一樣的人容不得半點的傷害，他活在自己的世界裡，卑微而自由。他想要打破什麼，卻又沒有方向，他的痛苦在於他用心看著漆黑的世界。

——魯迅

• 無論喜歡他還是討厭他，肯定他還是否定他，太宰治的作品總擁有著一種不可思議的魔力，在今後很長一段時間裡，太宰筆下生動的描繪都會直逼讀者的靈魂，讓人無法逃脫。

——文藝評論家 奧野健男

• 我承認他那罕見的才能，不過說也奇怪，他是我從未有過的、從一開始就產生如此牴觸的作家。也許是由於愛憎的法則，也許他是一個故意把我最想隱蔽的部分暴露出來的作家的緣故吧。

——三島由紀夫

• 雖然三島由紀夫討厭太宰治，但我覺得三島由紀夫的文章本身就很像太宰治。這兩個人的作品裡都有很多警句，有的地方是用警句替代描寫。儘管我覺得很滑稽，但是不得不說，三島由紀夫是用太宰治的文體來寫東西的。

——大江健三郎

• 村上春樹《聽風的歌》中「十全十美的文章和徹頭徹尾的絕望」深受太宰治和三島由紀夫之影響。

——日本作家 佐藤幹夫

• 想要在人的世界裡好好地活下去，那種不能實現的焦慮以及想要認認眞眞活著的渴望才是他的本質。

——日本明治大學教授 齊藤孝

【出版序】

快樂厭世人——太宰治

●王渡

其實，太宰治要傳達給我們的是，不管怎麼厭惡塵世，不管怎麼厭惡自己，我們都要堅強勇敢地走上自己的人生之路，做個「快樂厭世人」。

纖細而敏感的人最容易在人間受苦，飽嚐加諸身心的各種折磨。對這樣的人來說，幸福並非理所當然，美麗往往象徵著沉重的壓力，他們的苦惱來自於咀嚼自我之後，所產生的濃厚的厭惡感——既厭惡塵世，也厭惡自己。

因爲厭惡塵世，所以選擇墮落頹廢，爲了逃脫令人窒息的現實而以消極行爲對抗所謂的社會道德與普世價值。

因爲厭惡自己，所以不斷沉淪與自我放逐，對自己的厭惡感到了無法自拔的時候，往往只能選擇墜向更晦暗幽深的滅絕深淵。

墮落頹廢只是消極抵抗，自我毀滅也只是一種形式上的解脫，靈魂仍得不到救贖，心仍然是徬徨孤寂的吧！

日本無賴派文學大師太宰治就是這樣一個「厭惡自己到無法自拔的人」，顯現於外的是過著放浪墮落的「無賴」生活，隱藏於內的是不斷在小說中拿著文學的利刃，切剖自己最柔弱的內心深處，終於在一九四八年六月三日，與愛人山崎富榮在東京近郊的玉川上水投河自盡。

太宰治與川端康成、三島由紀夫並稱日本現代文學三大巨峰，是日本現代文學最富聲望的天才作家。

太宰治一生忠於自己的想法，以自我毀滅、自我否定的方式，呈現人性的眞實，在日本文壇被歸類爲無賴派作家。

無賴派又稱爲新戲作派、頹廢派、破滅型，由這些文學名詞不難想像他的作品所呈現的風格。

太宰治，本名津島修治，一九〇九年六月十九日出生於日本青森縣北津輕郡金木村的顯赫家庭，在十一個兄弟姊妹中排行第十，上有五個哥哥，四個姊姊。父親源右衛門是當地頗有名望的大地主，戰前由日本天皇敕選爲貴族院議員。

由於母親夕子體弱多病且兄姐衆多，太宰治從小就由奶媽叔母和女傭照顧。欠缺母愛、不受喜愛，加上個性嚴厲的父親早逝，太宰治從小就是一個纖細善感、感受力很敏銳的早熟孩子。

這些成長過程中對自身際遇的感受與體悟，深深影響他的文學創作，在他的作品中也曾多次描繪。

一九二三年，太宰治就讀青森中學一年級時開始嘗試寫作，三年級時下定決心當作家，並發行同仁雜誌。一九二七年，進入弘前高等學校就讀，這段期間太宰治持續在同仁雜誌上發表作品，接觸左派讀物，也結識了藝妓小山初代，開始有了自殺傾向。

一九三〇年，太宰治二十一歲時進入東京帝國大學法文科就讀，拜作

家井伏鱒二爲師，積極想要踏上作家之路。

但是，長年不被家人喜愛的陰影，以及受到馬克思主義影響參與左派活動，使得太宰治的外在行徑有了巨幅轉變，從大學時代開始過著放浪不羈的生活。

該年，太宰治與舊識小山初代同居，十一月之時在銀座認識有夫之婦田部占子，兩人旋即相偕在鎌倉跳海自殺，太宰治獲救，田部占子不幸身亡。這段揮拂不去的夢魘，太宰治在《人間失格》等作品中曾重複描述。

後來，太宰治又曾多次與藝妓同居，歷經三次殉情未遂，這樣招來各界交相指責的醜聞，直到他與山崎富榮投水身亡之後才告終止。

但是，我們所認定的殉情或自殺，眞的只是無能理清感情棘刺的纏繞嗎？其實，並不盡然如此，也許感情因素並不如我們想像的那麼濃厚，太宰治在短篇小說〈小丑之花〉中就曾經暗示性地這麼說：「臨死之前，我們心中所想的事，完全大不相同……」

是的，不是感情的糾葛，而是靈魂的徬徨憔悴。厭惡塵世和厭惡自己到無法自拔，或許才是一個人非死不可的眞正原因。

太宰治的作品象徵著毀滅美學，尤其以戰後作品引起無數年輕人共鳴，其中，他的代表作《斜陽》與《人間失格》更堪稱是日本戰後文學的金字塔作品。

《斜陽》單行本發行後，更躍爲當時最暢銷的書籍，還因此衍生了一個流行用語——「斜陽族」。

對生命感到孤獨徬徨，使得太宰治的文字每每流露著沉鬱的悲涼，但太宰治的作品眞的只是毀滅與悲劇嗎？

不，不是的。人最終會不會以悲劇收場取決於性格。

細細品讀太宰治的作品，我們可以發現，頹廢只是他外在的形式，其中散發洗滌心靈的熱能，在自我否定的過程，他同時也抒發自己內心深處的苦悶，以及渴望被愛的情愫……

其實，太宰治要傳達給我們的是，不管怎麼厭惡塵世，不管怎麼厭惡自己，我們都要堅強勇敢地走上自己的人生之路，做個「快樂厭世人」。

只不過，性格使他跳不脫宿命的流轉罷了，最終，纖細敏感的個性決定了他的命運。

爲了逃避現實而不斷沉淪，以毀滅、卑屈、落寞、矛盾的方式自我放逐，儘管太宰治狀似消極墮落，然而內心深處卻隱藏著對人生的積極渴望，也因此，當我們透過閱讀他的作品重新檢視自己之時，會看清人性的眞實與希望，發現生命的價值與喜悅……

【選編者言】

無賴派作家太宰治和《斜陽》

・傅博

「斜陽」所象徵的是在二次大戰後之混亂的社會下，一個貴族家庭的沒落過程，恰如太陽西沉，由光華而暗淡。

在日本現代（昭和期）文學中，太宰治是與川端康成、三島由紀夫鼎足而立的三大巨峰之一。

這三位作家中，太宰雖然最早逝世，但是他作品五十多年來一直受讀書人喜愛，從新陳代謝迅速的日本出版界來說，現在在書店仍然可以買到太宰的作品，由此現象就可想像太宰在日本文學中的地位。

如果台灣的讀者須要註解的話，請與日本的「初版作家」（諷刺非暢銷作品，指其出版的書都只印刷初版一刷而已的作家）之新書半年內從書店消失，三年後就買不到該書的情形相比較，就可知道太宰受讀者支持的程度了。

川端康成、三島由紀夫兩位天才作家，在台灣，很早以前就獲得很多讀者支持，重要作品幾乎都已翻譯出來，其中雖然也有錯誤百出、品質惡劣的爛貨，近年來已改善很多，還可算是讀者之福。

在台灣之太宰文學就不如川端、三島兩位了。譯成中文的太宰作品不多，而且是沒有計劃的出版。

太宰治的著作生涯，只有十六年，留下不少令人難忘的名作、傑作。這次筆者從著作等身的太宰作品中，選擇了特別具有代表性的傑作五本，讓愛好文藝的讀者認知太宰文學的概略。

太宰治於一九〇九年六月十九日出生於青森縣北津輕郡金木村大地主之家，本名津島修治，是十一個兄弟姊妹中排行第十的六男（五兄四姊一弟）。父親源右衛門是敕選（由日本天皇直接任命）的貴族院（戰前與眾議院構成立法機構）議員。

母親弘子因多病，而兄弟眾多，太宰出生後就由奶媽養育，之後由叔母、女傭繼續照顧，不得生母之愛。幼年的生活環境，對太宰之後的文學創作具有很大的影響。

太宰自幼小，就是一個感受性很敏銳的早熟孩子，中學一年級時就嘗試寫作，三年時就決心要當作家。十八歲認識藝妓小山初代。二十歲時，受共產主義之影響，對自己身世發生疑問，企圖自殺。二十一歲考進東京帝國大學法文科上京，這年參與「非合法運動」（即左派活動），一時與初代同居。同年十一月，認識銀座酒家女田部占子（有夫之婦），同居三天後兩人跳海自殺，占子死亡，太宰獲救……這樣多姿多采的醜聞，一直到死那一瞬間不曾間斷過。詳細的生涯，筆者將在《人間失格》的〈選編者言〉記述。

太宰治於一九三〇年上京後，拜作家井伏鱒二爲師，繼續嘗試創作。

一九三三年三月，在同仁雜誌《海豹》創刊號發表〈魚服記〉，四月至七月在《海豹》發表自傳性小說〈回憶〉（太宰自稱是處女作）。這年太宰認識同仁古谷綱武、木山捷平、今官一等，並結交檀一雄、伊馬鵜平、中村地平、北村謙三郎等。翌年與木山、今、檀、伊馬、北村，以及小山祐士、山岸外史、中原中也、津村信夫等創刊同仁雜誌《青花》，發行一號後，與佐藤春夫、萩原朔太郎、保田與重郎等創刊的《日本浪漫派》合併。

一九三五年二月，在《文藝》月刊發表〈逆行〉，是在商業雜誌發表的第一篇作品。翌年六月，出版處女作品集《晚年》，確立了新進作家地位。

《斜陽》是一九四七年七月至十月，在《新潮》月刊連載後，由新潮社出版。「斜陽」所象徵的是在二次大戰後之混亂的社會下，一個貴族家庭的沒落過程，恰如太陽西沉，由光華而暗淡。

故事是從二次大戰末期，離婚回到娘家的二十九歲的和子與母親兩人，在東京西片町的豪宅的優雅生活說起。日本敗戰後，兩人為了生活，賣掉豪宅，搬到伊豆的山莊過著田園生活。

翌年弟弟直治從戰地回來，直治是一個神經纖細的文學青年，大學時代就拜無賴派作家上原為師，撰寫小說。不久母親因肺結核而逝世，和子因直治的關係，愛上了有妻女的上原，與上原發生性關係而懷孕。翌日早上，不適合人間社會生活的直治，留下遺書自殺身亡。最後，和子寫信給上原，告訴他自己要生下孩子，堅強活下去的決心。

太宰治在早期的作品，曾嘗試過各種不同文體敘述故事，如手記體、日記體、書信體、獨白體……等都是。本書分為八章，以和子的第一人視點的女性獨白體為主軸，第三章插入直治的大學時代手記〈夕顏日記〉，第四章插入和子寫給上原的三封情書，第七章插入直治的遺書，第八章插入和子寫給上原最後一封信。可以說是太宰文體的集大成。而本書八章，分為前四章、後四章時，也可看其對比之妙。

全書的四名重要人物，作者各賦予不同性格、不同境遇。和藹的母親，是太宰理想的母親像。在混亂的社會中，不屈不撓的堅強女性和子，也是太宰理想中的女性像。神經纖細，無法適應現實環境而自殺的文學青年直治，和無賴派作家上原都是太宰自己的分身。

最後必須附帶說明的是，原書並無章名，爲方便讀者閱讀，特由編輯製作加上，另外在段落方面也有些微調整。

【選編簡介】

傅博，台灣台南市人，日本早稻田大學經濟研究所畢業，日本推理作家協會會員、日本大眾文學研究會會員。旅居日本二十五年，以島崎博筆名撰寫書誌學、文化時評，並主編著名推理雜誌《幻影城》，以及《別冊幻影城》《幻影城評論研究叢書》《幻影城小說叢書》……等。回台後，長期致力於推理小說及日本文學編選譯介工作。

斜陽

盡是不愉快的感覺以及更加焦躁不安，不知不覺令人想把視線挪開了。至今為止，我到底未見過這麼不可思議的男子面孔。

我喜歡薔薇。不過，它一年四季都會開花，因此，喜歡薔薇的人死於春天、死於夏天、死於秋天、死於冬天，一年必須死四次。

一種難以言喻的恐懼及擔心的心情湧上心頭，千頭萬緒越想越覺得前途茫茫，一個勁兒預想不好的事，似乎無法再活下去，內心充滿不安，指尖的力氣也消失了。

第1章 棲居在胸中的蝮蛇

夕陽照在母親的臉上，母親的眼睛看似泛出藍光，
微帶怒意的臉龐美麗絕倫。
我覺得母親的臉龐有些神似剛才那條悲傷的蛇，
彷彿棲居在我胸中的蝮蛇正在翻滾……

早上母親在飯廳裡喝了一口湯後，立刻發出輕微的叫聲。

「啊！」

「是頭髮嗎？」

我心想，莫非湯裡掉進什麼令人討厭的東西。

「不是。」

母親若無其事，又迅速舀了一匙，讓湯流入口中。吞下後就轉過臉去，視線投向廚房窗外盛開的山櫻花。她依然側著臉又迅速舀了一匙，湯汁滑入兩片櫻桃般的唇間。

「迅速」這個形容詞用在母親身上絕不誇張，根本就與婦女雜誌等刊載用餐的方法迥異。弟弟直治有次邊喝酒邊向我這個做姊姊的說了下列一段話：「不能因爲有爵位就說是貴族。也有人雖無爵位，但擁有天爵（指具備天賦美德、自然尊貴的人），是個出色的貴族。哪像我們這樣只有爵位，遑說是貴族了，簡直幾近賤民。像岩島（列舉直治同窗一位伯爵的名字）那樣的人，簡直比新宿妓院區的皮條客更下流。最近這傢伙也去參加柳井（也是弟弟的同窗，一位子爵次子的名字）哥哥的婚禮，穿著男禮服（無尾禮服）什麼的，反正是有必要穿男禮服，這就姑且不談，在即席演講時，那混球竟然不可思議地使用敬語，真令人作嘔。裝模作樣，不過是膚淺的虛張聲勢，根本就和高尚風雅扯不上關係。本鄉附近經常有寫著「高等御下宿」（意指高級旅館）的招牌，事實上大部分的華族（有爵位的人及其家屬，第二次世界大戰後已取消）都可說是高級乞丐。真正的貴族才不會像岩島那樣裝模作樣呢！就以我們這族來說，真正的貴族應該像媽媽那樣吧！那才是如假包換，無人可以匹敵呢！」

說起湯的喝法，我們都是低頭對著碗盤，橫拿著湯匙舀湯，然後再橫拿著湯匙將湯送入口中。母親則將左手指輕放桌緣，上身挺直，抬起頭，完全不看盤子，橫拿著湯匙迅速舀起湯後，宛如燕子般（我想這樣形容），輕盈優雅地使湯匙和嘴呈直角，然後從湯匙的尖端讓湯流入唇間。隨即又天真地左顧右盼，一匙接一匙，簡直就像有雙小翅膀般地使用湯匙，湯一滴也沒有溢出，而且沒有喝湯聲也沒有碰到盤子的聲音。

或許這不是正式禮儀的喝法，但在我的眼中，那模樣非常可愛，似乎才像是眞正的禮儀。此外，事實上，比起低頭從湯匙的旁邊喝湯，倒不如舒暢地挺起上半身，讓湯從湯匙的尖端流入口中，更是美味可口。不過，因爲我就像是直治所說的高級乞丐，無法像母親那樣毫不費力地掌握湯匙，無奈之餘，只有採行低頭望著盤子、所謂正式禮儀、死氣沉沉的用餐法。

不只是湯，母親的進餐法頗爲偏離禮儀。端出肉時，她迅速用刀叉將全部切成小塊，然後擱置刀子，右手改拿起叉子，一小塊一小塊叉起肉塊，心情愉快地大啖一番。此外，如果是有骨頭的雞肉等，正當我們爲了不弄響盤子而煞費苦心地將肉切離骨頭時，母親卻毫不在乎地輕輕用手指捏起骨頭，用嘴巴把骨頭和肉分離得一乾二淨。

這種野蠻的行爲出現在母親身上時，不僅可愛，甚至看起來性感無比，不愧是眞正的貴族，就是和別人不同。不只限於有骨頭的雞肉，有時母親也會突然用指頭捏起午餐的火腿或香腸等來吃。

「妳知道飯團爲何美味可口嗎？那是因爲是用人的手指揑出來的。」

我也認爲用手抓著吃大概會更美味可口吧。不過，總覺得像我這種高級乞丐，東施效顰才更像眞正的乞丐，所以極力忍耐，不敢嘗試。

連弟弟直治也說對母親甘拜下風。我一向小心謹愼，所以要我模仿母親不僅相當困難，甚至會產生絕望的心情。

有天在西片町家的內院裡，那是個初秋、有皎潔明月的夜晚，我和母親兩人在池子盡頭的亭子裡賞月，笑談狐狸和老鼠的婚禮、新娘的裝扮如何不同等，母親突然站起來，走進亭子旁邊胡枝子的草叢深處，然後從胡枝子的白花間露出更爲白皙的臉龐，微笑地說：「和子！猜猜媽媽現在在做什麼？」

「正在摘花。」

在我說完後，她低聲地笑著說：「我在小便哦。」

我很驚訝她竟然完全沒有蹲下。不過，我無法模仿，打從心裡覺得這種作法很可愛。

諸如今晨的喝湯事件，她做了許多離譜的事。最近我看了一本書，得知路易王朝時代的貴婦人們在宮殿的庭院或走廊的角落等若無其事地小便，其天眞爛漫的作風相當可愛，我認爲母親或許是最後一個名副其實的貴婦人吧。

今晨母親喝了一口湯，輕呼一聲「啊」，我詢問：「是頭髮嗎？」她回答「不是」。

「很鹹嗎？」

今晨的湯是將最近來自美軍配給罐頭中的青豆用濾網過濾後做成濃湯。原本我就對廚藝沒有自信，儘管母親說不是，我仍然不安地如此詢問。

「妳煮得很可口。」

母親認眞地說。喝完湯後，用手捏起裡著海苔的飯團往嘴裡送。

從小我就對早餐沒有胃口，不到十點鐘肚子都不覺得餓，只能勉強喝完湯，吃得很痛苦。我把飯團放在盤子上，然後用筷子去戳、壓碎後，再夾起碎片，就像母親喝湯時使用湯匙一樣，讓筷子和嘴呈直角，簡直像是

餵小鳥餌般地塞入口中，就在漫不經心地吃著時，母親已用餐完畢，突然站起來，背靠在正沐浴著早晨陽光的那面牆壁，默默地看著我用餐的情形。

「和子！妳這樣還是不行哦，必須嘗試著去享受早餐吧。」母親說。

「媽媽呢？吃得津津有味嗎？」

「當然了！我已經不是病人了。」

「和子也不是病人啊。」

「妳這樣是不行的！」

母親淒寂地笑著搖頭。

我曾在五年前罹患肺病而臥病在床，其實我心知肚明，那只不過是我任性所引發的病。不過，母親最近的這個病才眞是叫人擔憂。儘管如此，母親反而一個勁兒擔心我的事。

「啊。」

我輕嘆一聲。

「什麼事？」

這次是母親詢問。

我們面對面，彷彿心有靈犀一點通，當我噗嗤笑出來時，母親也面露微笑。

每當有一種無法忍受、慚愧的念頭湧上心頭時，我便會不由得發出「啊」的輕嘆聲。六年前離婚時的情形現在突然湧上心頭歷歷在目，越想越焦躁，不由得發出「啊」聲。母親的情形又是如何呢？母親絕不會有像我那樣恥辱的過去，究竟是爲了什麼呢？

「媽媽剛才是想到什麼事了吧！是什麼事呢？」

「我忘了。」

「是爲了我的事嗎？」

「不是。」

「是直治的事嗎？」

「是啊。」說完偏著頭，又說：「或許吧。」

弟弟直治就讀大學期間被徵召去南方的島嶼，杳無音訊，戰爭結束後

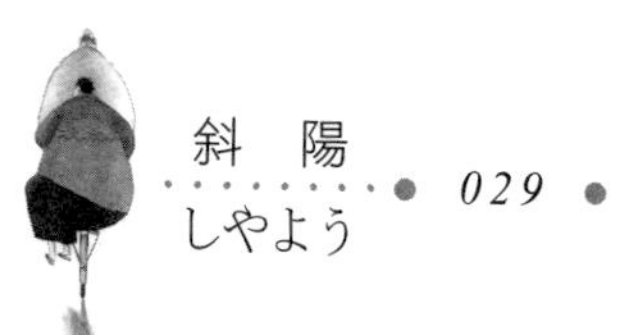

也行蹤不明。母親說她已覺悟不再冀望能見到直治。我卻不曾有過那種「覺悟」，始終認爲一定會再相見。

「我已經打算死心了。不過，喝到鮮美的湯，就不由自主地想到直治。當初要是能對直治更好些就好了。」

直治讀高中時開始熱衷文學，幾乎過著類似不良少年的生活，不知讓母親費盡多少心力。話雖如此，母親喝了一口湯，就想到直治，不由得輕嘆「啊」。我把飯塞入口中，眼眶不覺一熱。

「沒有問題的，直治會平安無事的。像直治這種壞蛋不會這麼容易就死的，會死的人都是老實、漂亮、溫柔的人。直治這傢伙就是用棒子打他也打不死的。」

母親笑著逗我。

「那麼，和子會早死囉。」

「哎呀！爲什麼？因爲我是額頭凸出的壞蛋（壞蛋中的壞蛋），所以活到八十歲絕對沒有問題。」

「是嗎？那麼，媽媽活到九十歲也是沒有問題囉。」

「是啊。」

話一說出，頓覺有點困惑。壞人長命，紅顏短壽，我的母親很美麗，不過，我希望她長命百歲。我惶恐得不知再說什麼才好。

「您眞壞！」

說完，我的下唇抖個不停，眼淚撲簌掉落下來。

現在來說說蛇的故事吧。就在四、五日前的午后，附近的孩子們在庭院籬笆的竹林裡發現十顆蛇蛋。

孩子們堅決主張：「是蝮蛇（一種毒蛇，可製補藥酒）的蛋。」

如果十隻蝮蛇在竹林裡出生，以後我就不能悠哉地走到庭院。

「把它們燒了。」

話一說完，孩子們雀躍不已，一個個跟在我的後面。

我在竹林附近堆了一些樹葉和柴火，點燃後將蛋一顆顆地投入火中。

蛋一直無法燃燒，孩子們又將樹葉和小樹枝覆蓋在火焰上，雖然火勢加強，蛋依然不燃。

下面農家的女兒從籬笆外笑著詢問：「你們正在做什麼？」

「燒蝮蛇蛋，要是孵出蝮蛇來就很可怕。」

「蛋有多大？」

「像鵪鶉蛋，顏色雪白。」

「那麼，只是普通的蛇蛋而已，不是蝮蛇蛋吧！再說，生蛋很不容易燃燒的。」

姑娘彷彿覺得很可笑似地笑著離開了。

雖然燃燒了三十分鐘，蛋始終沒有要著火的跡象，所以我要孩子們從火中把蛋撿起來，然後把它們埋在梅樹下，我收集了一些小石頭來作墓碑。

「來！大家來拜拜一下。」

說著，我就蹲下來合掌，孩子們也乖乖地跟在我後面蹲下來合掌。接著就和孩子們分手，我獨自一人緩緩爬上石階，母親就站在石階上的藤架蔭下。

她說：「妳做了一件可憐的事啊。」

「我本以爲是蝮蛇蛋，誰知只是普通的蛇蛋。不過，我已經幫它們好好埋葬了，沒有問題的。」

嘴裡雖這麼說，讓母親看到這種情形，我還是覺得不好。

母親絕不是個迷信的人，但自從十年前父親在西片町的家裡過世後，她就很畏懼蛇。父親臨終的前一刻，母親看見父親的枕邊掉了一條黑色的細帶子，若無其事地把它拿起來，才發現竟然是條蛇。蛇滑溜地逃到走廊，然後一溜煙不見蹤跡。目睹此一情景，母親與和田舅舅互望一眼，爲了不使父親臨終前引起騷動，兩人都忍住默默不語。我們雖然也正好在場，對蛇的事卻一無所知。

就在父親過世那天的傍晚，事實上我也看到蛇爬在庭院池畔的樹上。我現在是二十九歲的婦人，十年前父親去世時我已經十九歲了。因爲已經不是小孩子，雖然事隔十年，那時的情景依然記憶猶新，應該不會弄錯。

我爲了剪供花而走去庭院的池邊，佇立在池畔的杜鵑花前，忽然看到有條小蛇蜷曲在杜鵑花的枝頭。我有點吃驚，正想摘下旁邊的棣棠花時，枝頭也有小蛇蜷曲著。旁邊的木犀、若楓、金雀花、藤、櫻、每一棵樹都有蛇蜷曲著。不過，我並不覺得有多恐怖，只覺得蛇也和我一樣悲傷父親的去世，所以爬出洞穴來祭拜父親之靈。然後，我悄悄地告訴母親庭院裡有那些蛇的事，母親不動聲色，只是稍微偏著頭在想著什麼事，但也沒有另外說些什麼。

自從這兩次的蛇事件後，母親非常厭惡蛇乃爲不爭的事實。與其說是討厭蛇，不如說是敬畏蛇，亦即抱著畏懼之心。

讓母親發現我燒蛇蛋，她一定會覺得有些不吉利，我也突然覺得燒蛇蛋是非常可怕的事，很擔心這件事會使厄運降在母親身上，第二天、第三天依然無法釋懷。今天早上在飯廳脫口說出什麼紅顏壽短之類的無稽之談，更是無法補救，不由得哭起來。邊收拾早餐的餐盤等，總覺得自己的內心深處鑽進一條會縮短母親壽命、令人毛骨悚然的小蛇，我難受到極點卻無計可施。

那天我在庭院看見蛇。由於那天是個風和日麗的好天氣，我忙完廚房的工作後，想把籐椅搬到庭院的草坪上編織點東西，於是拿起籐椅走去庭院，卻發現庭石的細竹叢有一條蛇。

哦！眞討厭！我只是這麼想而已，沒有再深入思索，立刻拿起籐椅折回，把椅子放在走廊，然後坐下來開始編織。

到了下午，我想走去庭院深處的佛堂，從收在裡面的藏書中取出羅蘭珊的畫集，於是走下庭院，發現有一條蛇正緩緩在草坪上爬行。和早上的蛇是同一條蛇。

纖細、非常高貴的蛇。我認爲牠是條母蛇，牠靜靜地橫穿過草坪，走到野玫瑰的蔭下，然後佇立昂首，抖動細如火焰的舌頭，然後擺出東張西望的姿勢，過了一會兒又垂下頭部，無精打采地趴伏著。

那時我還只是深深認爲牠是條美麗的蛇而已。不久後，我去佛堂取出畫集，回來時偷偷瞄一眼剛才那條蛇所在的地方，結果已經不見蹤影了。

將近傍晚時分，我和母親在中式的房間裡邊喝茶邊眺望庭院，今天早上的那條蛇又緩緩出現在第三級石階上。

母親也看到那條蛇了。

「那條蛇是？」

說著就跑向我，拉住我的手，整個人嚇呆了。

經母親這麼一說，我也突然靈光一現。

「是蛇蛋的母親？」

不由得脫口說出。

「是，是啊。」

母親的聲音嘶啞。

我們手牽手摒息默默凝視著那條蛇。憂傷趴伏在石上的蛇開始蹣跚地移動身體，軟弱無力似地橫穿石階，然後爬向燕子花。

「今天早上牠就在庭院裡徘徊不去哦。」

我小聲地說，母親不由得嘆了一口氣，然後精疲力竭地坐到椅子上。

「是這樣吧？牠正在找蛋，眞是可憐。」

母親以悲傷的聲音說。

我無奈地苦笑。

夕陽照在母親的臉上，母親的眼睛看似泛出藍光，微帶怒意的臉龐美麗絕倫。「啊！」我覺得母親的臉龐有些神似剛才那條悲傷的蛇。彷彿棲居在我胸中的蝮蛇正在翻滾，醜蛇會在某個時候咬死那條悲傷莫名、美麗絕倫的母蛇吧。

我把手放在母親柔軟、纖細的肩上，沒來由地侷促不安。

爲什麼？爲什麼我會有這種念頭呢？

我們離開在東京西片町的家，搬到伊豆這個有點中國式的山莊，是在日本無條件投降的那年十二月初。

父親過世後，我們家的經濟全部仰賴母親的弟弟，也是母親目前唯一的親人——和田舅舅。戰爭結束後，時局轉變，和田舅舅吩咐母親，說是

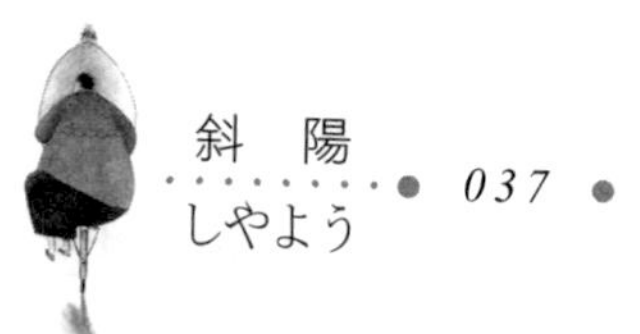

經濟已經無法再支撐下去，除了賣掉房子別無他法，女傭們也要全部解僱，我們母女兩人就去某個鄉下買間稍微漂亮的房子，然後隨心所欲地過生活。

母親對金錢的事比小孩還沒有概念，而且和田舅舅都這麼說了，於是委託舅舅全權處理。

十一月底，舅舅寄來一封限時信，說是：「在駿豆鐵道的沿線有位河田子爵要賣別墅，因爲房子在高台，景觀極佳，有一百坪左右的田地。附近以梅樹聞名，冬暖夏涼，住起來一定很舒適，我想妳一定會喜歡的。因爲有必要直接和對方見面詳談，所以無論如何明天來一趟我在銀座的辦公室。」

「媽媽！您要去嗎？」我問。

「當然，是我委託舅舅的。」

母親無言以對，落寞地笑著說。

隔天，就在以前的司機松山先生陪同下，母親在正午十二點一過就出門，晚上八點左右才由松山先生送她回家。

「已經決定了。」

她走進我的房間，手放在我的桌上，要崩潰似地坐下來，然後說了這麼一句話。

「什麼事決定了？」

「全部。」

「可是……」我不由得驚訝萬分。「也沒有去看看是什麼樣的房子就……」

母親一隻手肘立在桌上，輕輕碰觸額頭，然後發出輕微的嘆氣聲。

「妳和田舅舅說那是個好地方啊，我覺得就這樣閉著眼睛搬到那個家也可以啊。」

說完抬起頭微微一笑。她的臉龐稍微有點憔悴，卻依然很美。

「是啊。」

我畢竟被母親對和田舅舅純潔無瑕的信賴心所征服了，於是連忙附和。

「那麼，和子也要閉著眼睛囉！」

兩人放聲大笑，但在笑過後，頓覺寂寞至極。

之後每天工人都來家裡開始做搬家的打包工作。和田舅舅也有來過，該賣的就賣掉，由他做種種的安排。我和女傭阿君兩人整理衣物，破舊物就在庭前燒掉，腦筋整天轉個不停。母親既不稍微幫忙整理，也不發號施令，只是每天都在房間裡磨蹭。

「您怎麼了？不想去伊豆嗎？」

我毅然地以稍微嚴厲的口吻詢問。

「不是。」

她只是以精神恍惚的表情作答。

十天左右，一切都整理妥當。傍晚，我和阿君兩人在庭前燃燒廢紙和稻草，母親也走出房間，站在走廊默默地看著我們的爐火。灰色、寒冷的西風吹著，煙低伏地面。

我忽然抬頭仰望母親的臉龐，母親的臉色之差是以往未曾見過的，我不由得大吃一驚，大聲叫道：「媽媽的氣色很差哦。」

母親微微一笑。

「我沒有怎麼樣啊。」

說著，又悄悄走進屋內。

那天夜裡因爲棉被已經打包了，所以阿君就睡在二樓西式房間的沙發，母親和我則向鄰居借來一床棉被，鋪在母親的房間兩人睡在一起。

咦？母親竟然以蒼老的聲音說：「因爲有和子，因爲有和子作伴，所以我才去伊豆。因爲有和子作伴……」

她說了出乎意料的事。

我不由得大吃一驚。

「要是沒有和子呢？」

我不由得如此詢問。

母親突然哭起來。

「那就不如死掉算了。我也想死在妳父親去世的這個房子裡啊。」

母親斷斷續續地說，越哭越厲害。

迄今母親未曾面對著我如此洩氣過，而且也沒有讓我看過如此痛哭的情景。就連父親去世時、我出嫁時、懷著孩子回到母親身邊時、嬰兒在醫院出生就死去時、我臥病在床時，以及直治做壞事時，母親都沒有讓我看到這麼軟弱的一面。

父親去世後的十年間，母親依然和父親在世時一樣，是個悠閒、溫柔的母親，而我們就在她的寵愛下長大。不過，母親已經沒有錢了。都是爲了我們，爲了我和直治，一點也不吝惜地花費。

現在我們已經要離開這個住了很久的家，在伊豆的小山莊開始只有我們兩個人的貧困生活。如果母親能夠壞心眼，爲人小裡小氣，叱責我們，悄悄地費心思只爲自己積攢金錢的話，不管這個世界如何劇變，她就不會這麼想死了吧。

啊！沒有錢是多麼可怕悲慘、無法救贖的地獄啊！我有生以來第一次有這樣的想法充塞心胸，痛苦到欲哭無淚，人生嚴肅的一面就是指這時的

感受吧。我仰躺著，身心俱疲，動彈不得，就像石頭般動也不動。

隔天，母親的臉色依然不佳，甚至拖拖拉拉，一副即使一下下也想永遠待在這個家的神情。後來和田舅舅出現了，通知我們行李幾乎都寄送完畢，吩咐今天要出發去伊豆。母親勉強穿上大衣，無言地向來和我們道別的阿君、曾經在我家做過事的人點頭，然後就跟著舅舅與我三個人走出西片町的家。

火車內空蕩蕩的，我們三個人都有座位。在火車上，舅舅的心情非常愉快，不停地哼著謠曲。母親的氣色很差，始終低頭，似乎不勝寒冷。我們在三島改搭駿豆鐵路，在伊豆的長岡下車，然後約坐了十五分鐘的公車後下車，往山裡走去。爬上和緩的坡道，有個小村莊，小村莊的盡頭有棟中國風味、精緻的山莊。

「媽媽！是個比我們想像中還好的地方呢！」

我喘息地說。

「是啊。」

母親站在山莊的玄關前，瞬間浮現欣喜的眼神。

「最重要的就是空氣很好，很清淨的空氣。」

舅舅頗爲自豪。

「眞的。」母親露出微笑地說。「好甜哦！這裡的空氣好甜哦！」

三人相視而笑。

走進玄關，東京的行李已經送達，從玄關到房間都堆滿行李。

「日式房間的視野極佳哦！」

舅舅高興地帶領我們去房間休息。

午后三點左右，冬陽暖洋洋地照在庭院的草坪上，從草坪下石階的附近有個小池子，種植許多梅樹，院子下面有片寬廣的蜜柑園，那裡有條村道，對面是水田，水田的對面是松林，松林的對面可以看見大海。坐在日式房間裡放眼望去，海的水平線剛好觸及我的乳尖。

「很柔和的景色。」

母親懶洋洋地說。

「是因爲空氣的關係吧。陽光簡直和東京不一樣，光線好像用絲絹濾過。」

我嚷嚷著說。

十個榻榻米和六個榻榻米的房間，接著是中國式的客廳，然後是玄關有三個榻榻米大小，浴室也有三個榻榻米大，接著是飯廳、廚房，二樓有間附了一張大床作客房用的西式房間。雖然只有這幾間，但對我們兩人，不，即使直治回來變成三個人，也不會顯得特別狹窄。

舅舅去這村莊唯一的一間旅館交涉用餐的事。不久後，他把送來的便當在房間裡打開，然後喝起帶來的威士忌，談起和這座山莊以前的主人河田子爵在中國遊玩時的糗事等。舅舅的心情非常愉快，不過，母親只動幾下筷子。

不久後，周遭漸漸昏暗。

「我稍微睡一下。」

母親小聲地說。

我從行李中取出被褥，讓母親躺下後，由於非常擔心，於是從行李中搜出體溫計，幫母親量一下體溫，竟然是三十九度。

舅舅也很吃驚，趕忙去下面村子找醫生。

「媽媽！」

任憑我呼喊，她整個人依舊昏昏沉沉的。

我握緊母親的小手，開始啜泣起來。母親眞是可憐啊！不！我們兩個人眞是可憐啊！我一直哭個不停，邊哭邊想就此和母親一起死去。我們已經什麼都不要了，我想我們的人生在離開西片町的家時就已經結束了。

約莫過了兩個小時後，舅舅帶來村裡的醫生。村裡的醫生大概已有相當歲數，穿著仙台綾（仙台地方特產的高級絲織品）的褲（男女都穿的和服裙子），腳上則是日式布襪。

診斷結束了。

「或許是肺炎。不過，就算是肺炎也不用擔心。」

總之就是說些不確定的事，他幫母親打一針後就回去了。

第二天，母親還是沒有退燒。和田舅舅遞給我二千圓，交代我萬一必須住院的話，就打電報給他。當天，他就先回東京了。

我從行李中取出最低限度必備的炊具，然後煮粥給母親吃。母親躺著吃了三匙後就搖頭不吃了。

即將到正午時，下面村子的醫生又來了。這次雖然沒有穿「褲」，但還是穿著布襪。

「還是住院比較好吧……」我說。

「不！沒有這個必要吧。今天我會幫她打一劑藥性強的針，應該會退燒的。」

依舊是不著邊際的回答，而且在打完所謂的強針劑後他就回去了。

或許強針劑發揮奇效，當天中午過後，母親的臉開始紅潤起來，流了滿身大汗。換穿睡衣時，母親笑著說：「或許他是個名醫。」

熱度降到三十七度。我滿心雀躍地走去村裡唯一的那間旅館，拜託那裡的老闆娘賣給我十顆雞蛋，回家後立刻煮成半熟的蛋給母親吃。母親吃

了三顆蛋，還有半碗稀飯。

隔天村裡的名醫又穿著布襪出現了。我向他道謝昨天幫母親注射了強針，他露出有效是理所當然的表情深深地點頭，然後慎重地幫母親檢查後，再度面向著我。

「老夫人的病已經痊癒了。從現在起她要吃任何東西、做任何事都沒有關係了。」

他的語調、措辭仍然如此怪異，我極力忍住想笑的心情。

送醫生到玄關，返回日式房間，母親已經坐起來了。

「他真的是個名醫，我的病已經好了。」

母親露出愉快的神情，自言自語似地說。

「媽媽！我把拉窗打開吧？外面正在下雪哦。」

如牡丹花瓣大的雪片輕輕飄下，我打開拉窗，和母親並肩坐著，透過玻璃窗凝視著伊豆的雪景。

「我的病已經好了。」

母親又自言自語地說。

「像我們這樣坐著，覺得以前的事恍如一場夢。在搬家時，我還眞的千百個不願意來伊豆。即使是一天或半天也好，我想在西片町的那個家多待片刻。搭乘火車時，有種人已半死的心情，到達這裡時，剛開始有些微興奮的心情，但天色昏暗時，又開始懷念起東京，胸口彷彿著火似的，整個人就失去了知覺。我得的不是普通的病。上帝一度殺了我，然後又讓我重生，變成與昨日迥異的另一個我。」

從那天起直到今天，我們總算得以安穩地過著只有我們母女倆的山莊生活，村莊裡的人對我們也非常親切。

搬來這裡是去年的十二月，之後經過了一月、二月、三月直到四月的今天，除了準備三餐外，我們不外乎都是在簷下的走廊編織，在中式客廳讀書或泡茶，過著幾乎與世隔絕的生活。

二月裡梅花盛開時，整個村莊籠罩在梅花的花海中。到了三月，也幾乎是風和日麗的日子，盛開的梅花一點兒也沒有凋零，即使到三月底也依然燦爛地綻放。

無論是朝夕晝夜，梅花就是那樣美得令人讚嘆。打開走廊的玻璃窗，花香隨時飄進屋裡。在三月底，每到傍晚一定起風，黃昏時我在飯廳裡排碗筷，梅花的花瓣會被風從窗外吹進來，飄到碗中沾濕了。

到了四月，我和母親在走廊上編織東西，兩人的話題不外乎是耕種的計劃，母親也說要幫忙。

啊！寫到這裡，總覺得我們在不知不覺中確如母親所言，死而復生了。不過，畢竟人類是無法如耶穌那樣復活吧。母親雖然這麼說，喝了一口湯依然想起直治，不由得「啊」叫了出來，而我過去的傷痕事實上也沒有完全復原。

我想鉅細靡遺地寫出生活的點滴。有時我會暗自想著在這座山莊裡的安穩生活全部都是虛偽的、都是不真實的；我們母女倆雖然獲得上帝恩賜短暫的休息期間，總覺得在這種平靜中某種不吉利的陰影已悄悄來臨。母親雖然裝出很幸福的樣子，但身體一天比一天羸弱，而棲居我心中的蝮蛇

因犧牲母親而日益茁壯，儘管自己一再阻止也依然茁壯。

啊！要是這只是因爲季節的緣故就好了。近來對於這種生活覺得已無法忍受，做出燒蛇蛋等下流的事，也是起源於我焦躁的思緒吧。只是這樣反而加深母親的悲哀，使其衰弱罷了。

寫下「愛」這個字後，就再也無法繼續書寫了。

第2章 幸福燃燒後的殘燼

我喜歡薔薇。

不過，它一年四季都會開花，

因此，喜歡薔薇的人死於春天、死於夏天、

死於秋天、死於冬天，一年必須死四次。

自從蛇蛋事件後，大約過了十天，不吉利的事接踵而至，使母親益發悲傷，壽命更加縮短。

我差點釀成火災。

我竟然引起火災。從小至今做夢也沒有想過，在我的人生中竟然會發生這麼可怕的事。

竟然連不謹慎處理火苗就會釀成火災這種理所當然的事也毫不注意的我，應該就是大家所謂的「大小姐」吧！

那天半夜起床想去廁所，走到玄關的屏風旁邊時，發覺浴室通明。我若無其事地望了一眼，看見浴室的玻璃窗露出紅光，且聽到啪啦啪啦的聲音，於是碎步跑去打開浴室的小門，赤腳走出外面一看，燒洗澡水的灶旁堆積如山的木柴正燃起熊熊大火。

我急忙飛奔去緊鄰庭院的下面農家，猛力地拍打屋門。

「中井先生！請起床！失火了。」我大叫。

中井先生好像已經熟睡了。

「哦！我馬上來。」

他如此回答，就在我說「拜託您了，拜託您快點來」時，中井先生穿著睡衣從屋裡衝出來。

我們兩人跑到火旁，正用鐵製水桶裝池裡的水時，聽到從日式房間的走廊傳來母親的呼喊聲。

我立刻丟下水桶，從庭院跑向走廊。

「媽媽！請不要擔心。沒有關係的，您回房休息吧！」

我抱住搖搖欲墜的母親，帶她回到被窩裡躺下，然後又飛奔去著火的地方。這次我舀起浴室的水交給中井先生，中井先生猛力澆向堆積如山的薪柴上，但因爲火勢很強，無法因此就被澆滅。

「火災！火災！別墅發生火災了。」

下面傳來這樣的聲音。忽然有四五個村民弄壞籬笆飛奔過來，大家以接力的方式用水桶將籬笆下的貯水傳過來，兩三分鐘內就把火澆滅了。火差點就燒到浴室的屋頂了。

正當我慶幸時，才驚覺到這場火災發生的原因，不由得令我震驚不已。傍晚時我原本打算從灶裡取出燃剩的木柴來熄滅的，誰知卻把它放在薪柴的旁邊，結果就引起這場火災。想到這裡，不禁泫然欲淚，呆立不動。這時聽到前面房子西山先生的太太在籬笆外高聲嚷著：「浴室燒光了！是因爲沒有注意灶火。」

村長藤田先生、二宮警察、消防隊長大內先生等人陸續趕來。

藤田先生如往常一樣露出親切的笑臉詢問。

「妳受驚了吧？怎麼回事？」

「都是我的錯。我原本打算要把柴火熄滅的……」

說著想到自己過於悲慘，眼淚不禁奪眶而出，然後就低頭沉默不語。那時我想到自己或許會被警察帶走，變成犯人，而且自己赤腳穿著睡衣、狼狽不堪，頓覺羞愧難當。

「我明白了，妳母親呢？」

藤田先生以安慰的口吻平靜地說。

「我讓她在房間裡休息，她受到很大的驚嚇……」

「不過，這個嘛……」年輕的二宮警察也安慰似地說。「幸虧房子沒有著火。」

這時下面農家的中井先生換了衣服又出來了。

「只是木柴有點著火而已，也談不上是小火災吧？」

他上氣不接下氣的喘息著說，顯然在庇護我糊塗的過失。

「是這樣啊，我明白了。」

村長藤田先生再三點頭，然後小聲地和二宮警察交談。

「那麼，我們要告辭了，請向令堂致意。」

說完後與消防隊長大內先生等人先行離開。

只有二宮警察留下來，走到我的眼前，以輕微似呼吸般的聲音說：

「那麼，今晚的事我就不另外呈報了。」

二宮警察回去後，下面農家的中井先生非常擔心似的，以緊張的聲音詢問。

「二宮先生怎麼說？」

「說是不呈報。」

我回答時，還有些附近的人待在籬笆處，似乎聽到我的回答，說聲：「那就好了。」便紛紛撤離現場。

中井先生說聲「晚安」後就回家了，然後剩下我獨自一人精神恍惚地站在燃燒過的薪柴旁邊，含淚仰望蒼穹。拂曉似乎即將來臨了。

我在浴室洗手、腳和臉，總覺得有點心虛，不敢去見母親。我在三個榻榻米大小的浴室裡磨蹭地梳弄頭髮，然後就去廚房無謂地整理餐具，直至黑夜完全離去。

天色已明，我躡手躡腳地去日式房間一探究竟，母親已經換裝完畢，疲憊至極地坐在中式客廳的椅子上，一看到我就露齒微笑，但她的臉色蒼白到令我吃驚。

我笑不出來，只是默默地站在母親所坐的椅子背後。過了一會兒，母親說：「不是什麼大不了的事，不就是要讓人燃燒的薪柴嗎？」

我突然高興起來，不由得噗嗤笑出聲。想起《聖經》的箴言：「適時的一言，有如白銀的雕刻，嵌上黃金的蘋果。」自己擁有這麼善體人意的母親眞是幸福，令我深深感謝上帝。

昨日之事譬如昨日死，我已經不再惦記了。隔著中式客廳的玻璃窗眺望早晨伊豆的海面，我始終站在母親的背後，最後母親平靜的呼吸和我的呼吸合爲一體了。

簡單吃完早餐後，我正在整理被燃燒過的薪柴時，本村唯一的旅館的老闆娘阿咲邊說邊從庭院柵欄門小跑步過來，而且眼眶泛著淚光。

「怎麼一回事？怎麼一回事？我現在才聽到消息，昨晚到底發生什麼事了？」

「抱歉！」

我小聲地道歉。

「不用說什麼道歉不道歉的話。小姐！警察怎麼說？」

「他說沒有事了。」

「那太好了。」

她露出由衷高興的表情。

我和阿咲商量要以什麼形式來向村人道謝與道歉。阿咲說：「還是錢最好吧。」於是告訴我應該要帶錢去道歉的有哪些人家。

「不過，如果小姐不喜歡一個人去的話，我也和妳一起去吧。」

「一個人去比較好吧。」

「妳一個人沒問題嗎？那麼，最好是一個人去。」

「我就一個人去了。」

然後，阿咲稍微幫我整理一下燒過的木柴。整理完畢，我向母親拿了一些錢，將一張張的百圓紙幣用美濃紙包起來，然後在上面一一寫上「謹致謝意」的道歉話。

我最先去的是鄉公所。村長藤田先生不在，因此我把紙包交給詢問台的小姐。

「我為昨晚的事來道歉的。今後我會小心，請原諒我的過失，代向村長先生問好。」

說完道歉話後接著就去消防隊長大內先生的家。大內先生走到玄關，看見我就默默地露出悲憫的微笑。不知爲什麼，我突然想哭。

「昨晚眞是抱歉。」

勉強說完就匆忙告辭，沿途淚水溢出，整張臉都花了，於是先回家到洗臉台洗臉，重新化好粧，準備出門。正當我在玄關穿鞋子時，母親走出來說：「妳又要出去了嗎？」

「是啊，現在就要出門了。」

我頭也不抬地回答。

「辛苦妳了。」

母親心平氣和地說。

母親的愛使我生出力量，這次沒有再哭泣就把全部的事都辦妥了。

去區長家時，區長不在，他的兒媳婦出來。對方一看到我反而眼裡噙著淚水。接著去警察局那裡，二宮警察連聲說：「沒有關係！沒有關係！」

大家都很親切。接著我又去附近的人家走一回，大家還是很同情我，而且都安慰我。只有前面房子西山先生的老婆，是個約莫四十歲的中年婦女，毫不留情面地叱責我。

「今後請妳要多加注意。我不清楚妳們是皇族什麼的，但從以前看到妳們那種扮家家酒似的生活方式，我一直都在提心吊膽。就好像兩個小孩在一起生活，到現在才引起火災才是不可思議的事。今後眞的請妳要注意，昨晚如果風很強的話，那這個村子就會全部被燒光了。」

當下面的農家中井先生等人飛奔到村長先生和二宮警察前面袒護我說「沒有釀成小火災」時，西山太太就是那個在籬笆外大聲嚷著「浴室燒光了，是因爲不留意灶火」的人。

不過，我對西山太太責備的事也確實有所感受。我認爲事實眞的如她所言，我一點也不恨西山太太。母親開玩笑安慰我說「不就是要讓人燃燒的薪柴嗎」，不過，那時如果風很強，或許結果就會如西山太太所說的，整個村子都會燒光了。

果真如此，我就是以死也不足以謝罪。如果我死了，母親也無法獨活吧，而且還玷污了已過世的父親的名諱。

雖然現在我們已不是皇族或華族，但就算要滅亡，也要死得華麗光彩。因引起火災謝罪而死，這種淒慘的死法，我是死也不甘心的。總之，我必須更加堅強。

從翌日起，我就拿出全副精神去做田裡的工作，下面農家中井先生的女兒常常來幫忙。自從演出引起火災等的醜態後，我覺得體內的血多少已變成紅黑色。之前只是壞心腸的蝮蛇棲居在我的心中，這下連血色都稍微變了，越發像個粗野的鄉下姑娘。即使和母親在走廊編織等，也覺得渾身不舒服，反而是去田裡挖土倒覺得身心舒暢。

這種叫做肌肉的勞動吧？像這種勞力的工作對我來說並不是頭一遭。戰爭時我被徵召去當女工，現在我穿去田裡的工作布鞋也是當時軍方配給的，而且是有生以來第一次穿它。令人驚訝的是，穿在腳上感覺很舒服。我穿上它試著在院子裡走一圈，似乎覺得自己也非常瞭解小鳥或野獸等在地面漫步的舒暢感，內心異常高興。戰爭中的快樂回憶就只有這麼一件事而已，回想起來，戰爭眞是毫無意義。

去年一無所有！

前年一無所有！

大前年也是一無所有！

戰爭結束後某家報紙刊載了這麼有趣的詩，現在回想起來果眞如此。雖然覺得發生了許多事，可是此時想起，的確是一無所有。我不願談論，也不願聽到有關戰爭的回憶，雖然許多人因此喪生，我還是認爲非常陳腐與無趣。

不過，也許是我的思想想太過偏激了吧。只有在我被徵用，穿著工作布鞋，充當女工時的事，我才認爲是戰爭回憶中唯一不是那麼陳腐的事吧。雖然百般不願，托充當女工的福，我的身體變得很健康。現在的我覺得，如果生活益發困苦的話，那就去當女工亦無妨。

戰局逐漸陷入絕望中時，有個穿著類似軍服的男人來到西片町的我家，交給我一張徵用的紙，以及寫著勞動的日程表。我看了一眼日程表，從隔天開始，每隔一天就必須去立川的深山裡勞動服務，淚水不由得奪眶而出。

「可不可以找人替代呢？」

我不由得啜泣起來，淚流滿面。

「是軍方徵調妳的，非得本人不可。」

男人態度堅決地回答。

我決心去了。

隔天是雨天，我們在立川的山麓整隊，首先是軍官對我們訓話。

「戰爭一定會勝利。」

開頭就冒出這麼一句話。

「戰爭一定會勝利。不過，大家如果不遵從軍方的命令來工作，就會妨礙作戰，變成像沖繩那樣的結果，希望你們照命令行事。此外，或許有間諜會進入這座山，我們彼此要注意。從現在起大家也要和軍人一樣進入陣地中工作，所以要注意，絕對不可多嘴告訴別人陣地的情形。」

山裡雨霧濛濛，男女混合將近五百個隊員，淋雨站著聽他訓話。隊員中也夾雜著國民學校的小學生，露出彷彿很冷、翹嘴要哭的表情。雨水經由我的雨衣滲入上衣，不久後連襯衣都濕透了。

那一整天我們都擔著畚箕挑土，在回家的電車中，淚水流個不停。第二次就是類似拔河的拖曳繩子工作，我覺得這個工作最有趣。

去山上二三趟後，我發現那些國民學校的男學生們總是賊頭賊腦地看著我。有一天當我抬著畚箕時，有兩三個男學生和我擦身而過，我聽到其中一個小聲說：「她是間諜嗎？」

不由得我大吃一驚。

「他們爲什麼會這麼說呢？」

我連忙詢問和我並排走著抬畚箕的年輕姑娘。

「因爲妳看起像外國人。」

年輕的女孩認眞地回答。

「妳也認爲我是間諜嗎？」

「不是！」

這次她稍微面帶笑容地回答。

「我是日本人啊。」

說完連自己都覺得自己說的話似乎很愚蠢，不由得獨自竊笑。

在一個陽光普照的日子，我從早上就和男人們一起搬圓木頭，當班監視我們的年輕軍官皺眉指著我說：「喂！妳！妳跟我來。」

說完立刻走去松林，不安與恐懼使我心跳得很快，尾隨其後來到森林深處，地上堆滿剛從製材所送來的木板。

軍官走到木板前面就站著不動，忽然面對著我露出白牙齒笑著說：「每天都很辛苦吧，今天請負責看守這些木材。」

「站在這裡嗎？」

「這裡很涼又很安靜，妳可以在這塊木板上睡午覺。如果覺得很無聊，或許可以看一下這個。」

說著從上衣口袋取出袖珍本的書，靦腆地放在木板上。

「請看一下這本書吧。」

袖珍本的封面上印著《三頭馬車》。我拿起袖珍本說：「謝謝。我家也有喜歡看書的人，他現在去南洋了。」

他八成會錯意了。

「啊，是嗎？是妳先生吧？南洋啊，那很辛苦。」

他搖頭，心平氣和地說。

「總之，今天妳就在這裡看守。待會我會把妳的便當帶來，妳慢慢休息吧。」

說完就匆匆走了。

我坐在木材上閱讀文庫本，讀到一半左右時，聽到那位軍官的鞋聲。

「我帶便當來了。一個人很無聊吧！」

說完把便當放在草地上，又匆匆忙忙走了。

吃完便當後，我爬到木材上，開始躺著看書，等全部看完後，開始迷迷糊糊睡起午覺。

一覺醒來已是午后三點。我忽然覺得之前曾經看過那位年輕的軍官，不過絞盡腦汁依然毫無頭緒。

我從木材上爬下來，正在整理頭髮時，又聽到叩叩的鞋聲。

「今天辛苦妳了，妳可以回去了。」

我連忙跑向軍官，遞出袖珍本，心想道謝卻無法言語，只是默默仰望軍官的臉，當兩人四目交接時，我的眼裡溢出淚水。瞬間軍官的眼裡也泛著淚光。

我們就這樣默默分手了，那位年輕的軍官之後就不曾出現在我們工作的地方。那是我唯一逍遙輕鬆的一天，之後依然每隔一天就在立川的山裡做消耗體力的工作。

母親一直很擔心我的身體，我反而身體強壯了，迄今對女工的工作也暗懷自信，而且對田裡的工作也不會特別感到痛苦。

雖說不想談論也不想聽到戰爭的事，無意中還是談起自己「珍貴的經驗談」。不過，在戰爭的追憶中，我稍微想談的大概就是這件事了，之後就像那首詩所說的。

去年一無所有！

前年一無所有！

大前年也是一無所有！

一切都是庸人自擾，戰爭就像一場夢，留給我的，只有這雙工作布鞋罷了。

從工作布鞋這種無聊的事開始談起，未免有點離題，但穿著說是戰爭唯一紀念品的工作布鞋，幾乎每天都去田裡，反倒能排解內心深處潛藏的不安與焦躁。

另一面，母親這時反而明顯地日益衰弱。

蛇蛋！

火災！

從那時起母親已明顯是個病人，而我卻反而逐漸變成一個粗野不堪的女人，總覺得我逐漸吸取了母親的元氣而越來越壯。

火災時，母親開玩笑地說「不就是要讓人燃燒的薪柴嗎」，其他就絕口不提火災的事，反而極力安慰我。不過，母親內心所承受的打擊遠超過我十倍。

自從火災事件後，母親半夜有時會呻吟，在風強的夜裡，我曾看過她半夜起床假裝要上廁所，一夜總要巡視好幾回。而且，她的臉色始終黯淡無光，甚至步履蹣跚。

之前有說過想幫忙田裡的工作，有次我怎麼勸阻都無效，她拿著大水桶從水井舀水提到田裡共五、六趟，隔天說是肩膀酸到使不出力氣，躺了一整天。自從那次之後，她對到田裡工作的事就死心了，有時到田裡也只是凝視我工作的情形。

「聽說喜歡夏天花朵的人會死於夏天，真的嗎？」

今天母親還是凝視著我做田裡的工作，突然開口說出這樣的事來。我默默地幫茄子澆水。啊！這麼說來現在已經是初夏了。

「我向來喜歡合歡，可惜這個院子裡一棵也沒有。」母親又平靜地說。

「夾竹桃不是有很多嗎？」

我故意以冷淡的口吻說。

「我討厭夾竹桃。夏天的花我大都喜歡，不過，夾竹桃太潑辣了。」

「我喜歡薔薇。不過，它一年四季都會開花，因此，喜歡薔薇的人死於春天、死於夏天、死於秋天、死於冬天，一年必須死四次。」

兩人相視而笑。

「要不要稍微休息一下？」母親又笑著說。「今天我有點事想和和子商量。」

「什麼事？我實在不想再談死不死之類的話題。」

我尾隨母親的步伐，來到藤架下的長凳，兩人並肩坐下。紫藤花的花期已過，午后柔和的陽光透過樹葉灑在我們的膝上，我們的膝上被染成一片綠意。

「是我之前就想問妳的事。心想要在彼此心情都愉快的時候來談，一直到今天才等到機會。反正也不是什麼特別好的消息，不過，因爲今天我覺得似乎能夠侃侃而談了，所以也請妳忍耐聽我說完。事實上，直治還活著。」

瞬間我的身體僵硬了。

「五、六天前，妳和田舅舅捎來訊息。以前曾在舅舅公司工作過的員工，最近從南洋歸來，去舅舅那裡拜訪，閒談間提及他偶然和直治在同一部隊，這才知道直治平安無事，即將歸來。不過，有一件令人厭煩的事。聽他說直治好像鴉片中毒很深……」

「又來了！」

恰似嚐到苦澀的東西，我的嘴都歪了。

直治在高中時模仿某位小說家，麻藥中毒，因此向藥局借了驚人的鉅款，母親費時兩年才將借款全部還清。

「是啊，好像老毛病又犯了。不過，對方說在沒有戒掉以前是不會被允許返鄉的，一定要戒掉才行。舅舅的來信中說，即使戒掉毒癮歸來，像那種品性是無法立刻讓他出去工作的，在現在這麼混亂的東京工作，連正常的人都會有點發狂，何況是中毒剛痊癒的人，八成立刻發狂還不知會幹出什麼事來。因此，直治回來的話，最好立刻把他帶到伊豆山莊，哪裡也不去，暫時在這裡靜養。這是第一件事。然後，嗯，和子！舅舅要我傳話。舅舅說我們的錢已經所剩無幾，因爲存款凍結，還有財產稅，他已經無法再像以前那樣寄錢給我們了。所以嘛，直治回來後，媽媽、直治和和子三人如果無所事事的話，舅舅就要爲籌措生活費而大費周章。所以，他認爲和子不妨找婆家或找個僱主。」

「僱主？是去當女傭嗎？」

「不是，舅舅說，就是那個駒場嘛……」

她說出某個皇族的名字。

「那個皇族和我們有血統關係，是去兼作他們家小姐的家庭教師。舅舅說，這麼一來即使是去幫傭，和子也不會覺得很難堪的。」

「沒其他工作了嗎？」

「他說其他的職業和子可能做不來吧！」

「爲什麼做不來？爲什麼做不來？」

母親只是落寞地微笑著，什麼話也沒回答。

「我很討厭聽到那樣話。」

我想自己溜嘴說了不該說的話，不過，話既說出口就無法挽回了。

「我就穿這種工作布鞋，就穿這種工作布鞋……」

說完，淚水奪眶而出，不禁哭了起來。

我連忙抬起頭用手背拂去淚水，然後面向著母親，雖然認爲不應該這樣，但言語是無意識的，簡直和肉體無關，接二連三地湧出。

「您以前不是說過嗎？因爲有和子，因爲有和子陪在您身邊，所以您才要去伊豆的。不是嗎？不是說如果沒有和子，您就會死。因此，就是因爲這樣，和子哪裡也不去，只想一直陪在您的身邊，像這樣穿著工作布鞋，種些好吃的蔬菜給您吃。可是，當您一聽到直治要回來了，突然覺得我很礙眼，竟然要我去當皇族的傭人，這未免太過分了。太過分了！」

雖然也覺得自己的話說得太絕，但言語宛如別的生物，無論如何都無法收口。

「如果變窮、沒有錢了，那賣掉我們的衣服不就好了？這個家也賣掉不就得了。我什麼事都能做，我可以在鄉公所當女職員，什麼工作都可以做。如果鄉公所不用我，我可以去做苦力的粗活啊。貧窮根本就算不了什麼，只要媽媽疼我，我想一輩子都待在您身邊。可是，媽媽更疼直治。我這就出去，我就出去。反正，我從以前就和直治合不來，三個人一起生活反而徒增彼此的痛苦。長久以來都和媽媽相依爲命，我已經沒有什麼遺憾了，今後直治就和媽媽兩個自家人一起生活，讓直治好好孝順您這樣就對了。我已經厭倦了，厭倦以往的生活。我要走了，我現在馬上就走，我自有去處。」

我站了起來。

「和子！」

母親嚴肅地叫我。以我未曾見過、充滿威嚴的表情，陡然站起和我相望，看起來彷彿比我稍微高一點。

我想立刻說聲抱歉，卻始終無法說出口，反而又冒出其他話。

「騙人！媽媽欺騙我，在直治回來之前都在利用我。我是媽媽的女傭，現在已經沒用了，所以就叫我去皇族家。」

我站著不由得放聲大哭。

「妳眞是個傻瓜。」

母親低沉的聲音因忿怒而發抖。

我抬起頭。

「是啊，我是傻瓜。就因爲是傻瓜才會被騙啊，就因爲是傻瓜才惹人嫌啊！我最好是消失吧？貧窮是什麼？金錢是什麼？我一概不懂。我只是因爲相信愛，相信媽媽的愛才活到現在的。」

我又脫口說出蠢話。

母親忽然背過臉去。我想向母親道歉，想緊抱著母親，可是，有點在意因在田裡工作而弄髒的手，於是假裝不解母親的心情。

「只要我不在就好了吧？我要出去了，我自有去處。」

說完就碎步跑走，跑去浴室，抽抽搭搭地邊哭邊洗臉和洗手腳，然後就回房間，換穿洋裝時，再度放聲痛哭。因爲想盡情地痛哭一場，於是跑上二樓的西式房間，整個身體投入床上，用毯子蒙頭，痛哭到整個人彷彿消瘦、陷入恍惚中。漸漸地思念起某個人，渴望再看見他的臉龐、聽到他的聲音。我有種難以自抑的異樣心情，彷彿腳底正在灸治。

將近黃昏時，母親輕聲地走進二樓的西式房間，啪一聲打開電燈，然後走近床邊。

「和子！」

非常溫柔地呼喚我。

「嗨！」

我連忙起身坐在床上，雙手撥弄頭髮，看著母親的臉，不由得噗嗤笑了出來。

母親也微微一笑，然後深深地將身體沉入窗下的沙發上。

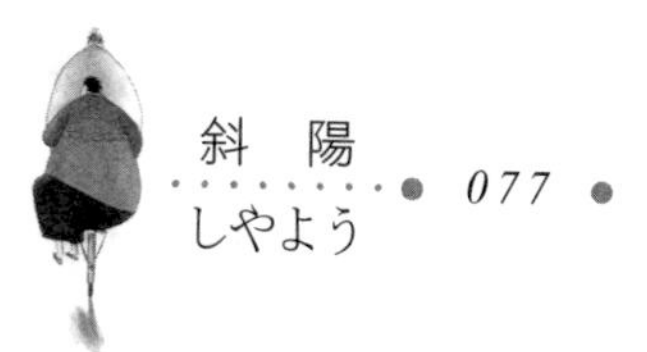

「有生以來我第一次不遵從和田舅舅的吩咐……媽媽剛才已寫好給舅舅的回信。信上寫著我孩子的事請讓我來做主。和子！我們就來賣衣服吧。把我們兩個人的衣服一套一套地賣掉，盡情地浪費，過個奢侈的生活吧。我不想再讓妳做田裡的工作什麼的，我們無妨去買昂貴的蔬菜，每天要那樣做田裡的工作，太難為妳了。」

事實上，我也對每天要去田裡工作感到有點吃不消了。剛才那樣發狂似地大哭大鬧，無非是因為田裡工作的疲憊與悲傷交織，遂將一股怨氣宣洩罷了。

我坐在床上低頭默默不語。

「和子！」

「嗨！」

「妳說的自有去處是指哪裡？」

我意識到自己連耳根都紅了。

「是細田先生嗎？」

我依舊沉默不語。

母親深深地嘆了一口氣。

「可以談論以前的事嗎？」

「好啊。」我小聲地說。

「當妳離開山木先生家回到西片町的家裡時，媽媽原本沒打算要責備妳的。結果還是說了一句（妳背叛了媽媽）。妳還記得嗎？結果妳哭了出來……我也覺得使用背叛那麼嚴重的字眼太過分了……」

其實，那時候被母親這麼一說，我反而是感激到喜極而泣。

「媽媽那時候說的背叛，不是指妳離開山木家的事，而是因爲山木先生說和子與細田事實上是一對戀人。當我聽到那句話時，的確顏面盡失。但是，細田先生不是早就有妻兒了嗎？不管如何愛慕，也不可能有結果的……」

「戀人？他竟然說出這麼過分的話，那只是山木先生胡亂猜疑的。」

「是嗎？妳該不是還在想那個細田先生吧？妳說的去處是指哪裡？」

「才不是細田先生那裡呢！」

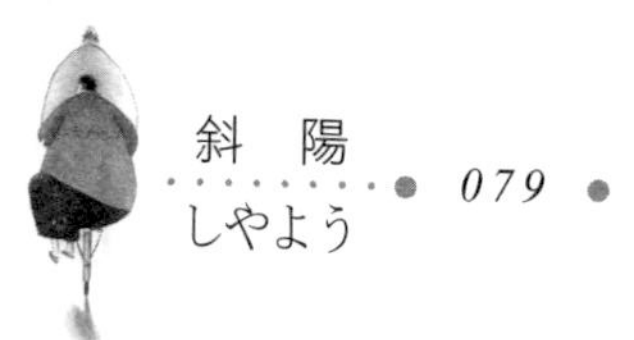

「是嗎？那麼是哪裡？」

「媽媽！我最近思考了一些事情。人類和其他動物截然不同的地方在哪裡？言語、智慧、思考和社會秩序，雖然各有某種程度的差別，但其他動物也都具備有這些能力吧，說不定牠們還有信仰呢！人類自誇是『萬物之靈』，但似乎和其他動物在本質上沒有什麼不同吧。不過，媽媽！只有一樣不同，您大概不知道吧。是其他生物絕無而人類僅有的，那就是所謂的秘密。您覺得怎麼樣？」

母親的臉龐泛紅，嫣然一笑。

「啊！要是和子的秘密能結出甜美的果實就好了。媽媽每天早上都會祈求爸爸保佑和子幸福。」

我的腦海忽然浮現那年和父親去那須野遊玩，在途中下車欣賞原野的秋景。猶記得遍野開滿胡枝子、瞿麥、龍膽、女蘿等秋天的花草，野葡萄的果實還是綠的。然後我和父親在琵琶湖共乘汽艇，我潛入湖中，棲息於水藻間的小魚在我的腳底穿梭，我的腳影鮮明地映到湖底，不住的閃動。

這些情景前後都毫無關聯，卻忽然湧現腦海，繼而消逝。

我從床上滑下來，抱緊母親的膝蓋，開始能坦然地說出：「媽媽！剛才眞是對不起！」

現在回想起來，那一段日子是我們幸福最後的殘燼泛光的日子，之後當直治從南洋歸來，我們開始展開眞正的地獄生活。

第3章 對生命絕望的不安

一種難以言喻的恐懼及擔心的心情湧上心頭，
千頭萬緒越想越覺得前途茫茫，
一個勁兒預想不好的事，似乎無法再活下去，
內心充滿不安，指尖的力氣也消失了。

那是一種對生命絕望的不安。

這種叫做不安的感情，如痛苦的浪潮襲捲胸口，宛如一片片的白雲匆匆飄過雷陣雨後的天空，忽而勒緊忽而放鬆我的心臟，我的脈搏似乎停滯了，呼吸微弱，眼簾逐漸昏暗，全身的力量彷彿瞬間被從指尖拔除，再也無法繼續編織了。

最近陰雨綿綿，做任何事都無精打采。今天我把籐椅搬到簷下的走廊，想把今年春天一度編織而又擱置的毛衣繼續完成。我想用這捲朦朧淡牡丹色的毛線搭配蔚藍色的毛線來編成一件毛衣。

這捲淡牡丹色的毛線是距今二十年前我還在唸小學時母親織給我的圍巾。圍巾的一端是頭巾，我戴上它到鏡前東瞧西看，總覺得像個小鬼頭，而且顏色也和其他同學的不同，我雖千百個不願也莫可奈何。關西有個有錢的同學以老成的口吻稱讚「這條圍巾不賴嘛」，我益發羞愧難當。從那時起我未曾再圍過那條圍巾，將它從此冰封箱底。

今年的春天，以廢物利用的心情，想把它拆掉重織成我的毛衣。總覺得不喜歡這種朦朧的色彩，於是又把它擱下。今天無意中把它拿出來，開始慢慢地編織，織著織著突然發覺淡牡丹色的毛線和灰色欲雨的天空融合爲一，襯出難以言喻的柔和色彩。我竟然不知道，不知道必須要考慮服裝和天空色彩調和的重要性。

我驚訝於調和是多麼美好的一件事啊！灰色欲雨的天空和淡牡丹色的毛線，兩者組合時竟然同時都鮮活起來，眞是不可思議。手中拿著的毛線突然變溫暖起來，使冰冷的天空也如天鵝絨般柔和。我不由得想起莫內那張霧中教堂的畫。由於這捲毛線的顏色，我才瞭解到法文「Gout」（美的鑑賞）的含意。

母親一定知道冬季下雪的天空和淡牡丹色是多麼美好的調和，所以特意爲我挑選出這麼好的色彩，我卻因無知而嫌惡它。

母親也沒強迫身爲孩子的我要接受，任憑我處理，並未針對這個顏色做任何說明，只是佯作不知地等待我能明白的那天，而到我眞正能體會這個顏色之美已過了二十年。

在我深深認爲她是好母親的同時，這麼好的母親卻被我和直治兩人欺負，爲我們傷透腦筋，逐漸衰弱，現在又即將死去。忽然間一種難以言喻的恐懼及擔心的心情湧上心頭，千頭萬緒越想越覺得前途茫茫，一個勁兒預想不好的事，似乎無法再活下去，內心充滿不安，指尖的力氣也消失了。我把棒針放在膝上，深深地嘆了一口氣，然後仰首閉目。

「媽媽！」

不禁脫口而出。

母親正靠著房間角落的桌旁看書。

「嗨？」

充滿詢問的語氣。

心慌之餘更加大聲地說。

「薔薇終於開花了。媽媽！您知道嗎？我現在才發覺終於開花了。」

就在簷下走廊前面的薔薇是以前和田舅舅不知道是從法國還是英國，

我有點忘了，反正就是從很遠的地方帶回來的。兩三個月前，舅舅把它移植到這座山莊的庭院，今晨我剛好知道有一株終於開花了，爲了掩飾我的難爲情，才故意大聲嚷嚷著彷彿現在才發覺。花是深紫色，帶著凜然的傲氣與韌性。

「我早就知道了。」母親平靜地說。「妳好像特別在意這種事。」

「或許吧，很可悲嗎？」

「不！我只是說妳就只會注意這種事。像妳就很喜歡把雷諾瓦的畫貼在廚房的火柴盒上，或是爲娃娃做手帕。而且院子薔薇的事，聽妳說的口吻好像在說活生生一個人的事。」

「因爲沒有孩子的關係啊。」

竟然脫口說出完全出乎自己意料的事，說完後頓覺不好意思地玩弄著膝上的編織物。

因爲已經二十九歲了。

我彷彿清楚聽到男人說這句話的聲音，就像在電話中聽到令人覺得心癢的低沉聲音，不禁羞愧得臉頰臊熱。

母親一言不發繼續看她的書。她最近都戴上紗布口罩，或許是因爲這個緣故，最近明顯地不愛講話了。戴口罩這件事是遵照直治的吩咐才做的，直治十天前從南洋回來，皮膚曬得黝黑。

也沒有事先聯絡，就在夏日的黃昏從後面的柵欄門走進庭院。

「哇！眞糟糕，好個沒品味的家，不妨貼個廣告：來來軒！有燒賣。」

這是久別重逢時直治打招呼說的第一句話。

兩三天前，母親因舌頭痛而臥床。舌尖看起來全無異狀，可是一動就疼痛難捱，三餐也是只能喝些薄粥。問她要不要看醫生，她搖搖頭。

「會被笑的。」

她苦笑著說。我幫她塗複方碘溶液，似乎不見功效，我不由得慌亂起來。

這時直治回來了。

直治坐在母親的枕邊，點頭說聲「我回來了」，然後立刻站起來，到處巡視這棟狹窄的房子。我尾隨其後。

「怎樣？你覺得媽媽變了嗎？」

「變了！變了！她憔悴了。不如早點死較好。在這個世上，像媽媽這種人實在無法生存啊！悲慘到令人不忍目睹。」

「我呢？」

「變下流了。一張彷彿有兩三個男人的臉，叫人討厭。有酒嗎？我今晚要喝個痛快。」

我去這個村莊的唯一一間旅館，告訴老闆娘阿咲弟弟回來了，拜託她賣給我一些酒。阿咲說不湊巧酒賣光了。回家告訴直治，直治露出未曾見過的表情，彷彿陌生人。

他責怪我「還不是因爲妳的交際手腕太差」，問我旅館的地點，穿著木屐直往外衝，之後我左等右等始終不見他回來。

我做了直治喜歡的烘焙蘋果以及用蛋做了一些菜餚等，也把飯廳的電燈泡換亮，等了許久，阿咲突然從廚房門口探出頭來。

「喂！不要緊吧？他正在喝燒酌。」

她那雙鯉魚似圓滾滾的眼睛睜得更大，壓低嗓門彷彿說一件大事。

「燒酎？妳說的可是甲醇酒精？」

「不，不是甲醇。」

「喝了也不會生病吧？」

「是啊，不過……」

「那就讓他喝吧。」

阿咲嚥下口水似地點頭就回去了。

我走去母親的房間。

「他正在阿咲那裡喝酒。」

我說完後母親微微瞥嘴笑著說：「是嗎？鴉片應該是戒了吧？妳去吃飯吧。今晚我們三個人就在這個房間休息，直治的棉被就擺在中間好了。」

我有種泫然欲泣的心情。

夜深時直治才拖著沉重的腳步聲回來。我們三個人就躺在母親的房間共用一個蚊帳。

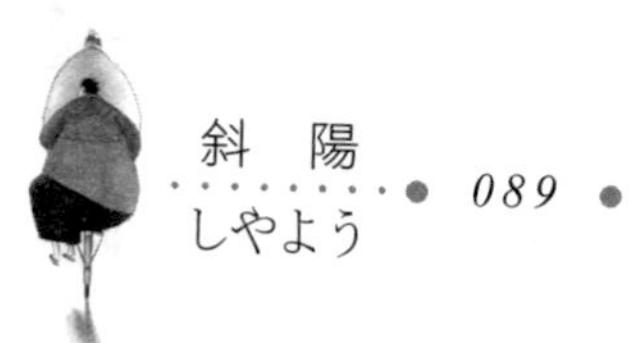

「要不要說些南洋的事給媽媽聽？」我躺著說。

「沒有什麼好說的，早就忘得一乾二淨了。只有到達日本後搭乘火車，從火車的窗口望出去，水田非常的漂亮。就這些了，把電燈關掉吧！這樣無法睡覺啊。」

我把電燈關掉，夏日的月光如洪水般籠罩著蚊帳。

隔天早上，直治俯臥在床上，邊抽煙邊眺望遠方的大海。

「您說您舌頭痛嗎？」

一副才剛發覺母親身體不適的口吻。

母親只是微微一笑。

「那毛病一定是心理作用。您晚上都是張開嘴巴睡覺吧？太散漫了，請戴上口罩吧。用紗布泡利凡諾液（外傷用消毒殺菌劑），然後把它放到口罩裡面就好。」

我聽了忍不住笑出來。

「那是什麼療法？」

「叫做美學療法。」

「不過，媽媽一定很討厭戴口罩什麼的。」不只是口罩，照理說母親應該非常討厭在臉上戴眼罩、眼鏡之類的東西。

「媽媽！您要戴口罩嗎？」我問。

「我戴。」

她認真地低聲回答，我不禁愕然。只要是直治說的事，她似乎什麼都相信，都會照辦。

早餐後，我照直治剛才說的那樣，把紗布浸泡在利凡諾液中，做好口罩，把它帶去母親的房間。

母親默默接過來，躺著把口罩的帶子服貼地掛在兩隻耳朵上，那種樣子簡直像極了小女孩，我不禁悲從中來。

午后，直治說是必須去拜訪東京的朋友、文藝界的老師們，於是換好西裝，向母親拿了兩千圓就去東京了。

之後將近十天直治都沒有回來。

母親每天都戴著口罩等待直治歸來。

「利凡諾藥水眞不錯啊。一戴上這個口罩，舌頭就不痛了。」

雖然母親笑著說，我總覺得她在說謊。她說已經無礙，馬上就下了床，但依舊沒有什麼食慾，說話的次數也變少，令我非常擔心。直治一定正在東京做什麼吧，他一定是和那個小說家上原先生等人一起暢遊東京，被捲入東京瘋狂的漩渦中吧？越想越覺辛酸，突然向母親報告薔薇的事，而且脫口說出「因爲沒有孩子的緣故」這種出乎意料的話，事情眞是越來越糟糕。

「啊！」

說完站了起來，無處可去，難以自處，步履蹣跚地爬上樓梯，走進二樓西式的房間。

現在這裡應該是直治的房間了。四五天前我和母親商量，拜託下面農家的中井先生幫忙，把直治的洋式衣櫥、書櫃及塞滿藏書和筆記的五六個木箱，總之就是以前西片町家中直治房間裡的全部東西都搬到這裡，等直治從東京回來，就把衣櫥、書櫃等擺到他喜歡的位置。

因爲之前認爲只要隨便擺在這裡就好，所以整個房間雜亂無章，東西散放到幾乎無立足之地。我信手從腳邊的木箱拿起一本直治的筆記。封面上寫著：夕顏日誌（夕顏，我國稱為葫蘆花）

裡面胡亂寫滿下列的事情，好像是直治染上毒癮痛不欲生時的手札。

炙痛的回憶。不要以為沒有那種雖痛苦萬分、卻不得一句或半句吶喊、史無前例且深不知底的地獄情景。

思想？騙人的！主義？騙人的！秩序？騙人的！誠實？真理？純真？全都是騙人的玩意兒。牛島紫藤誇稱樹齡千年，熊野紫藤號稱數百年，據聞其花穗前者最長九尺，後者五尺餘，光是其花穗就足以震撼我心。

彼亦為人子，當得以生存。

「邏輯」，追根究底就是對「邏輯」的偏愛，不是對活著的人的愛。

金錢與女人。邏輯害羞地匆忙遠去。

浮士德博士勇敢地實證，一個處女的微笑比歷史、哲學、教育、宗教、法律、政治、經濟、社會等任何學問都要來得珍貴。

學問只是虛榮的別名，是人想使自己變得不像人的努力。

我可以向歌德立誓，不管如何我都可以巧妙地寫出一切。一篇完美無瑕的結構、適度的滑稽、賺取讀者眼淚的悲哀，或者改成要人肅然、所謂正襟危坐的完美小說，如果朗朗讀出，不正是旁白的說明嗎？

我可以厚顏薄恥地說出我能寫，那種傑作的意識簡直可說是自我的。正襟危坐閱讀小說是狂人的舉止，果真如此，那他更應該要穿上禮服。一部好的作品看起來應該不是矯情做作。有時僅為了博取朋友來自心底的笑顏，故意安排一些敗筆，猶如跌個四腳朝天抱頭鼠竄。啊！那時朋友露出喜悅的表情又何妨。

文章不純熟，不及文人的風情，請聽我吹玩具喇叭宣告：「這裡有個日本第一號傻瓜，你還算是好的了，給我好好地活下去！」我這顆如此冀求的心究竟算什麼？朋友露出得意洋洋的面孔，述懷「那是那傢伙的怪癖，真是可惜啊」，完全不懂被愛的事。

可有善良的人？

無聊的想法！

我想要錢。

否則……

就讓我在睡夢中長眠！

積欠藥局將近千圓的借款。今天悄悄地把當舖老闆帶到家裡，進入我的房間。我告訴他說：「如果這個房間裡有什麼值錢的東西，你就拿去，因為我急需用錢。」老闆看都不看房間一眼就簡略地說：「你得了吧！這些也不是你的東西。」我架勢十足地說：「那好，既然這樣就拿我用零用錢買的東西。」可是，我所收集的破爛沒有一樣有資格作典當品。

首先是一座單手的石膏像。它是維納斯的右手，恰似天竺牡丹的一隻手，雪白無瑕的一隻手，只是放在座台上而已。不過，仔細觀察，這是維納斯全

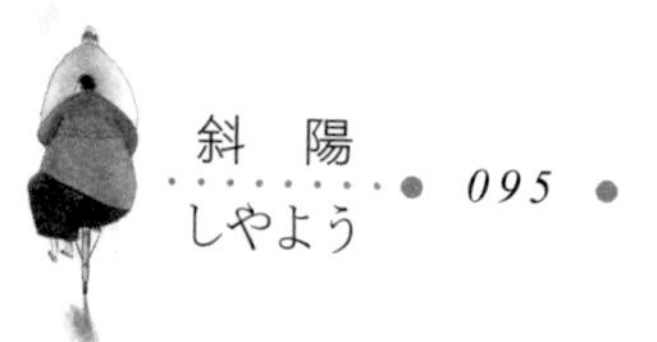

裸的身影被男人窺見，先是驚惶含羞的旋風襲捲而來，繼而是對自己裸身的羞慚，滿臉酡紅，全身燥熱，不由得扭動身軀的手勢，她那令人摒息的裸體所泛出的嬌羞，透過指尖沒有指紋、手心沒帶掌紋、純白嬌嫩的右手，我們應該可以感受得到她所流露出的哀怨神情，胸口也不由得疼痛難受。可是，結果它還是不實用的破爛，老闆估價五十錢。

其他還有巴黎近郊的大地圖，直徑近一尺的賽璐珞（仿象牙）陀螺，能寫出比線更細字的特製筆尖，這些都只是廉價買來的東西。老闆笑笑說：「那麼，我先失陪了。」

「等一下！」我連忙制止他。最後還是讓老闆扛走如山的書籍，只換來現金五圓整。我書架的書幾乎都是廉價的袖珍本，而且是從舊書店購得，所以典當的價格自然便宜。

要解決千圓借款之債務，我只有籌到五圓整，猶如我在此塵世的實力。這可不是好笑的事。

我頹廢嗎？不過，不這樣我實在無法生存下去。比起說這樣的話來責備我的人，我反而感激那些叫我「去死」的人。但是，人們絕不會叫你去死，大家都是些自我、城府很深的偽君子。

正義？在所謂階級鬥爭的本質裡是沒有正義可言的。人道？別開玩笑了，我可是心知肚明。誰不是為了自己的幸福，一定要打倒對方、殺死對方，所以才宣判對方「去死」？不要再自欺欺人了。

不過，在我們的階級中沒有一個像樣的傢伙，都是些白癡、幽靈、守財奴、瘋狗、吹牛大王！踏在雲端小便。

連送他「去死」的話都覺得多餘。

戰爭！日本的戰爭是一種自掘墳墓的行徑。

我不願因被捲入自尋死路的戰爭中而犧牲，我寧可孤獨地死去。

人要說謊時一定擺出一本正經的臉龐，尤其是最近指導者們的那種「嚴

肅面孔」。啐！

我想和那些不願受人尊敬的人同行。

不過，那麼好的人可不願與我為伍。

我裝作老成，人人就傳言我老成。我假裝是個懶漢，人人就謠傳我是懶惰蟲。我假裝不會寫小說，人們就謠傳我不會寫。我偽裝成騙子，人們就說我是個騙子。我充闊，人人以為我是闊佬。我故作冷淡，人人說我是個無情的傢伙。然而，當我真的痛苦萬分，不由得呻吟時，人人卻認為我在無病呻吟。

總覺得這個世界走樣了。

結果，除了自殺別無他法，不是嗎？

我如此的痛苦，也只能自殺以終。思及此，不由得放聲哭泣。

傳說在某個春天的早晨，朝陽照射在綻放兩三朵梅花的枝頭，一位海德堡的年輕學生悄悄地在枝頭上吊自殺。

「媽媽！請罵我吧！」

「怎麼罵法？」

「就罵懦夫！」

「哦？懦夫！……這樣可以了吧？」

母親真是無比的善良，一想到媽媽我就想哭。為了向媽媽道歉，即使要我死也無妨。

請原諒我。就這麼一次，請原諒我。

歲歲年年

盲眼的雛鶴
逐漸成長
可憐啊
牠雖然長大了
盲眼如故

（元旦試作）

嗎啡、阿特洛摩爾、那克彭、鴉片全鹼、帕比那兒、帕歐品、阿托品

自尊是什麼？自尊是什麼？

人類，不，男人不認為「我是優秀的」「我有種種優點」等就無法活下去嗎？

討厭別人，被別人討厭。

鬥智！

嚴肅＝愚蠢的直覺

總之，因為活著所以一定要欺世盜名。

一封借錢的信。

「請給我回信！請給我回信！而且一定是要好消息。

我設想了種種的屈辱，獨自呻吟。

我不是在演戲。絕對不是。

有件事要拜託妳。

我羞愧到想死。

不是誇張。

我會每天每天等著妳的回信，夜晚和白天都顫慄不安。

別教我希望落空。

聽到牆壁間傳來竊笑聲，深夜我在床上輾轉難眠。

別以鄙視的眼光看我。

姊姊！」

讀到這裡，我把夕顏日誌闔上，放回木箱，然後走到窗邊，把窗戶整個打開，俯視煙雨濛濛的庭院，不禁憶起往事。

已經過了六年了，直治那次染上毒癮是造成我離婚的原因。不，不可以這麼說，即使直治沒有麻藥中毒，我的離婚早晚也會因其他事情而發生的，我覺得這是打從出生時就決定好的宿命。

直治因窮於支付藥局的帳款，屢屢向我索求金錢。我剛嫁到山木家不久，無法自由使用金錢，而且覺得拿婆家的錢悄悄地接濟娘家的弟弟，實在很難說得過去，於是和從娘家陪嫁過來的奶媽阿關商量之後，決定變賣我的手環、項鍊和洋裝。

那時弟弟寄了一封信來向我要錢，說是：「現在非常痛苦、羞愧難當，沒臉見姊姊，甚至也不敢打電話。因此，錢就交給阿關，送到住在京橋×町×丁目的萱野公寓，小說家上原二郎先生的家，我想姊姊至少也知道他的名字的。雖然社會上對他的評價是個品性不端的人，事實上他絕不是那種人，請安心把錢送到他家。上原先生一收到錢，會馬上打電話和我聯絡的，請務必要依照這個方式去做。這次中毒的事我不想讓媽媽知道，我想趁媽媽不知道前設法把毒癮治好。這次我收到姊姊的錢，就拿去藥局付清全部的賒帳，然後去鹽原的別墅，直到身體康復才回來。眞的！藥局的欠款全部還清後，即日起絕對不再沾麻藥。我向上帝發誓，請相信我，請對媽媽保密，叫阿關把錢送到萱野公寓的上原先生那裡。拜託妳了。」

信裡的內容大致如此，我照他的指示，要阿關悄悄地把錢送到上原先生的公寓。不過，弟弟信裡的誓言全是一派胡言，他既沒去鹽原的別墅，藥品中毒的情況反而更加嚴重，來信強索金錢的字裡行間以近乎悲鳴的痛苦語調述說著「這次我一定把藥戒掉」，哀切的誓言令人不忍竟讀。明知或許又是他的謊言，最後還是吩咐阿關賣掉胸針等物，然後把錢送到上原先生的公寓。

「上原先生是個什麼樣的人？」

「身材不高，臉色難看，是個很冷漠的人。」阿關回答。「不過，他很少待在公寓，通常都只有他太太和一個六七歲的小女孩。這位太太雖然沒有多漂亮，卻是個溫柔且相當能幹的女人。把錢託給那麼一位太太，大可放心。」

那時的我與現在的我相較下，不，沒有什麼可以比較的，簡直判若兩人，是個迷迷糊糊、無憂無慮的人。儘管如此，弟弟接二連三而且是逐漸索求鉅款的行爲，使我不禁擔心不已。有一天看完「能樂」的回家途中，我在銀座遣回自家轎車，然後獨自漫步尋找京橋的萱野公寓。

上原先生一個人在屋裡看報。有條紋的裡襯搭配藏青底碎白花的棉布短外掛，看不出實際年齡。宛如迄今未曾見過的奇獸，這是他給我如此不可思議的第一個印象。

「內人現在……帶著小孩……一起……去領配給品……」

稍帶鼻音斷斷續續地說出。他似乎誤以爲我是他太太的朋友，等我說明是直治的姊姊後，上原先生點頭笑了，不知爲何我竟然打個寒顫。

「到外頭談吧。」

說著，已經披上和服外套，從木屐櫃裡取出新木屐穿上，然後快步領頭走出公寓的走廊。

外頭已是初冬的黃昏，寒風凜烈，感覺像是從隅田川吹來的河風。上原先生迎著河風，右肩稍微隆起，默默走向築地（地名），我小跑步追在其後。我們走進東京劇場後面大樓的地下室，四五組的客人在大約二十個榻榻米大小的狹長房間裡，各自圍著桌子，靜靜地喝酒。

上原先生拿起玻璃杯斟酒喝，也拿來別的玻璃杯斟酒勸我喝。我用那個杯子喝了兩杯，沒有什麼異樣反應。

上原先生不是喝酒就是抽煙，始終沉默不語。我雖然是第一次來到這個地方，卻非常鎮定，感覺心情舒暢無比。

「如果喝酒就好了。」

「咦？」

「哦！我是說令弟，要是能戒掉麻藥轉換成酒精就好了。我以前也曾經麻藥中毒，整個人怪裡怪氣的令人毛骨悚然。酒精的情形雖然也是一樣，意外地人們竟然縱容酒精而嫌棄麻藥。把令弟訓練成酒鬼吧，如何？」

「我曾經見過酒鬼。就在新年我要出門時，我家司機的朋友坐在駕駛座的旁邊，滿臉通紅彷彿鬼怪，呼嚕地打鼾著。我嚇得大聲喊叫，司機告訴我這就是酒鬼，是拿他沒轍的。說完把他從車上拖下來，攙扶著他的肩膀走了。我看那人好像無骨似地十分疲乏，而且還唸唸有詞。那是我第一次看到酒鬼，很有趣呢。」

「說起來我也是個酒鬼。」

「眞的？一點也不像。」

「妳也算是酒鬼。」

「沒這回事。我看過酒鬼，完全不一樣。」

上原先生第一次露出愉快的笑容。

「那麼，或許令弟不習慣變成酒鬼，總之，最好是讓他變成喝酒的

人。走吧！太晚回家對妳不好吧！」

「不會，沒有關係。」

「老實說是因爲我的阮囊羞澀，負擔不起。小姐！算帳！」

「很貴嗎？如果還好的話，我倒是帶了一些錢。」

「是嗎？那麼就由妳來結帳吧。」

「或許不夠噢。」

我看了一下皮包裡面，告訴上原先生有多少錢。

「有了那些錢還可以再去喝兩三家呢！別耍我了。」

上原先生皺著眉頭說，繼而又笑了。

「要不要再去哪裡喝酒？」我詢問。

他嚴肅地搖頭。「不。已經喝很多了。我幫妳叫計程車，妳回去吧。」

我們爬上地下室昏暗的樓梯。走在我前面一步的上原先生走到樓梯的半途時，突然轉過身迅速地吻我。

我緊閉著嘴接受了他的吻。

我並沒有愛上上原先生，但從那刻起就孕育出那個「秘密」。啪躂！上原先生跑上樓梯，我充滿不可思議的開朗心情，緩緩地爬上樓梯，走到外頭，河風拂上臉頰，心情舒暢極了。上原先生幫我攔了一部計程車，我們默默分手。隨著車子的搖晃，突然覺得世界像海洋般遼闊無邊。

「我有戀人了。」

有一天被丈夫申斥，鬱悶之餘脫口而出。

「我早就知道了，是細田吧？爲什麼妳還不死心呢？」

我默默不語。

每當我們夫婦間發生什麼不愉快的事時，這個問題就會被搬上檯面。我覺得這樣下去也不是辦法，宛如弄錯洋裝的布料而剪裁時，那塊布料已經無法縫合，只能全部捨棄，另剪裁新的布料。

「莫非妳肚子裡的孩子是他的？」

有一天夜裡，當丈夫說出這樣的話時，我震驚到全身發抖。

現在回想起來，當時我和丈夫都太年輕了。我不懂什麼是戀愛，甚至

不懂得愛。我爲細田先生的畫著迷，心想如果能成爲他的太太，日常生活一定多采多姿吧，如果不和如此風雅的人結婚，那結婚就沒有意義了。由於我到處向人宣揚，因此招致大家的誤解，儘管如此，我在不懂戀愛和愛的情況下，若無其事地當衆聲明我喜歡細田先生。由於沒有想過要收回這句話，事情演變得益發不可收拾，甚至丈夫竟然懷疑我腹中的孩子。雖然沒有人公然說出要離婚的話，但在不知不覺中鬧到衆人皆知，最後我和陪嫁的阿關一起回娘家，然後是嬰兒死產，我臥病在床，和山木之間就此斷絕關係。

直治似乎認爲我的離婚他要負些責任，意氣消沉到極點，泣不成聲喊著：「我眞該死！」

我詢問弟弟藥局有多少借款，那筆金額相當驚人。而且事後得知弟弟在說謊，他不敢說出實際的金額。事實上，賒帳的金額約高達那時弟弟告訴我的三倍。

「我見過上原先生了，他的人還蠻不錯的嘛。今後想不想跟他一起飲酒作樂啊？酒不是很便宜嗎？如果是酒錢，我隨時可以給你。藥局的欠款就不要再擔心，總是會有辦法的。」

我和上原先生見了面，並稱讚他的爲人不錯，弟弟似乎很高興。那晚他向我要了錢，立刻就去找上原先生。

中毒或許正是精神的疾病。我稱讚上原先生，又向弟弟借上原先生的作品閱讀。當我說他是個了不起的作家時，弟弟就說「姊姊妳哪能瞭解他」，儘管如此，他還是非常高興。「喏！這本再給妳看。」又把上原的另外作品給我看。我也很認眞地閱讀起上原先生的小說，然後我們經常閒聊上原先生的林林總總。

弟弟幾乎每晚都理直氣壯地去上原先生的家玩，漸漸地弟弟似乎已如上原先生所計劃的將注意力移轉到酒精了。

我和母親悄悄商量藥局的借款，母親單手掩面，半晌沒有動靜，一會兒後抬起頭，淒涼地一笑說：「怎麼想都無計可施。雖然不知道要償還多少年，總之按月慢慢攤還吧。」

之後，經過了六年。

「夕顏」！啊！弟弟也很痛苦吧。而且前途茫茫迄今仍不知該何去何從，只有每天拼命地借酒澆愁吧。

如果直治索性卯起來使壞，結果會如何？也許反而會輕鬆自在吧？

「可有善良的人」，他在筆記上這樣寫著，照這麼說來，我當然是不良，舅舅也是，至於母親嘛，看來似乎也像是不良吧！不過，所謂的不良不就是善良的本質嗎？

第4章 心中懸著一道彩虹

我心中懸掛著一道彩虹。
那道彩虹不及螢光或星光般燦爛，
若它是一種虛無縹緲的情感，
我便不至於這麼痛苦而能逐漸將您遺忘。
我心中的彩虹是一座燃燒的橋，
那是種熾熱焦灼的感情。

我爲了要不要寫信，該怎麼寫而傷透腦筋。

今天早上想起耶穌說的話「馴良如鴿，靈巧如蛇（出自新約聖經馬太福音，原為靈巧如蛇、馴良如鴿）」，突然精神抖擻起來，於是毅然決定寫信給您。

我是直治的姊姊，您忘了嗎？如果忘了，請將我想起。

直治最近又去叨擾您，想必給您增添了許多麻煩，深感抱歉（不過，老實說，直治的事該由直治自行處理，我越權代為道歉，著實荒唐）。但我今日不是爲了直治而是自己有事相求。聽直治說，您京橋的公寓毀於戰火後搬到現址，是遠離東京的郊外。我本想登門拜訪，但因母親最近身體有些不適，我無法不顧母親而放心上東京，因此改以寫信的方式來抒發己意，並向您請教。

我想請教的事，如果以古時「女大學（江戶時代以「假名」撰寫的書，內容有關婦女修身的道德戒律）」的觀點來看，或許非常狡猾、下流，甚至是惡劣的犯罪行爲。然而，我，不，我們目前已無法再活下去，只得請求弟弟直治在這個世界最尊敬的您聽我傾吐絕非虛僞的心情，並給予指教。

我再也無法忍受現在的生活。不是喜歡、討厭的問題，而是在這種狀態下我們母子三人實無法再活下去了。

昨天整個人非常難過，全身發熱，呼吸困難，不知如何是好。午餐後不久，下面農家的姑娘冒雨扛了一袋米來了，而我就依約把衣服給她。我們在飯廳面對面坐下喝茶時，她以非常坦率的口吻說：「妳靠變賣爲生，究竟還能維持多久的生計呢？」

「半年或者一年。」

我回答，然後把右手蒙住半邊臉龐。

「眞睏！睏得不得了！」我說。

「妳太疲倦了，所以才變得昏昏欲睡吧？」

「大概是吧！」

淚水差點奪眶而出，瞬間現實主義和浪漫主義的字眼一一浮現腦海。

我是沒有現實主義的精神，思及在這種狀態下能否生存時，不由得渾身冒冷汗。母親已是半個病人，起起睡睡。弟弟如您所知，是個有心病的嚴重病人，在家時為了喝酒勤於向附近兼營餐館的旅館報到，每隔三天就賣掉我們的衣服，拿錢去東京出差。

不過，眞正讓我覺得痛苦的不是這些事，只是覺得自己的生命在日常生活中宛如芭蕉葉未掉落卻逐漸腐敗。我很清楚地預感到自己屹立不動卻自然而然地腐朽，不由得驚懼萬分，實難以忍受。因此，我想違背「女大學」的訓言，從現實生活的枷鎖中掙脫出來。我需要和您深談。

我現在準備向母親及弟弟公開宣佈，坦率地說出，長久以來我愛上了一個人，我將來想當他的愛人度過一生。我想您應該也認識這個人，他英文名字的大寫字母是M．C。每當我痛苦時，就想飛奔到M．C身旁，我強烈地思念他到難以自拔的地步。

M．C和您一樣已有妻兒，似乎還有個比我更年輕漂亮的女朋友，然而，除了去M．C那兒外，我覺得自己已了無生機。

雖然和Ｍ．Ｃ的太太尚未謀面，但聽說她是個溫柔善良的人，一想到那位太太，就覺得自己是個可怕的女人。可是，我覺得現在的生活更加可怕，除了投靠Ｍ．Ｃ外別無他法。我要如鴿之馴良、如蛇之靈巧來完成我的愛情。不過，母親、弟弟以及世間的人沒有任何人會贊成我的做法吧！您認爲如何？結果，我唯有獨自思索、獨自行動，別無選擇。思及此，不禁潸然落淚。

這是有生以來第一件大事，爲了使這種艱鉅的事能獲得周遭人們的祝福，我費盡心思，宛如思考非常複雜的代數之因數分解等問題，感覺似乎在某處有個能迅速且巧妙解決問題的線索，心情突然愉快起來。

關鍵所在的Ｍ．Ｃ又是怎麼看我的呢？思及此，不由得令我頹喪消沉。我大概是所謂的一廂情願吧？不能說是「自動送上門的老婆」，或者可以說是「一廂情願的情婦吧」！如果Ｍ．Ｃ無論如何都不願意的話，就只能如此了。因此，我要拜託您幫我問問他。

六年前的某日，在我的胸中出現一道淡淡的彩虹，雖然那談不上是所

謂的「愛」，但隨著歲月的流逝，彩虹的色彩益加鮮艷，迄今仍未褪色。雷陣雨後，懸掛在空中的彩虹，不久旋即消逝，然而胸中的彩虹卻永存不滅。請幫我詢問他，對我真正的感覺，是否宛如雨後天空的彩虹，早已不復存在？

若真如此，那我也該拭去心中的那道彩虹了！可是我若不先結束自己的生命，胸中的那道彩虹是永遠無法抹滅的。

靜待回音。

上原二郎先生（我的契訶夫、My Chekhov、M. C）

最近愈來愈胖了！與其說是像動物本能的女人，倒不如說是更有人樣。整個夏天，只看了一本勞倫斯的小說而已。

迄今仍未接獲您的回信，只好再次寫信給您。

最近給您的那封信中，充滿著如蛇般的狡猾奸計，已一一被您識破了吧！在信中的字裡行間，我都費盡心思地字字推敲，結果一定使您認爲我企圖請求生活的援助，只是需要金錢罷了。

雖然我也不否認這一點，然而，如果我只是要找一個贊助人的話，抱歉，我不會特別選上您。在我認爲，愛我的富有老翁多得是。最近也有一樁近乎提親的妙事，或許您也知道他的大名。

他是個六十開外的獨身鰥夫，是藝術院的會員或什麼的，這種大師級的人物，爲了向我求親而來到了這座山莊。他住在以前我們西片町的老家附近，戰爭期間，因鄰組的關係（第二次世界大戰期間，為了便於控制人民而建立的一種地區基層組織，以十戶左右為一組，戰後廢止）見過幾次面。猶記得有個秋日的黃昏，我和母親兩人坐車經過他家門前，他一個人孤獨茫然的站在門邊。母親透過車窗輕輕地向他點頭致意，那時他那張緊繃黝黑的臉龐，瞬時紅似楓葉。

「他在戀愛嗎？」我戲謔地說。「他喜歡媽媽您嗎？」

「不，他是一位偉大的藝術家。」

母親平靜地回答，彷彿在自言自語。

尊敬藝術家向來是我們家的家風。

這位藝術家的太太在幾年前過世了，他透過與和田舅舅作謠曲的同好（一位皇親），向母親提起我的婚事。母親詢問我的意思：「妳覺得如何？就照妳的意思回答他吧。」我覺得非常厭煩，毫不考慮地振筆疾書，寫信告訴他：我目前沒有再婚的打算。

「我拒絕了沒關係吧？」

「嗯……我也覺得不太適合。」

那時，藝術家正在輕井澤的別墅，因此，我把婉拒的信寄到別墅去了。怎知陰錯陽差的在信寄出後的第二天，在尚未得知回信內容的情況下，他突然造訪山莊，說是因工作關係要去伊豆溫泉，途中順道來拜訪。藝術家無論幾歲總是非常的稚氣與任性而爲。

母親因爲身體不適，所以由我出面接待。在中式客廳裡奉茶後，我告訴他：「那封拒絕的信想必已寄達您在輕井澤的別墅了。我是經過深思熟慮的，眞的很抱歉。」

「這樣子啊。」

他以尷尬的語氣說，然後不自在地擦起汗來。

「請妳再仔細考慮一下。我該怎麼說呢？坦白說，也許我在精神上無法給妳幸福，但是絕對可以滿足妳在物質上的需求。」

「我無法理解您所謂的幸福。請恕我直言！契訶夫給妻子的信中寫著：『爲我生個孩子吧！生一個我們的孩子。』是尼采吧？在他的隨筆中也有這麼一句話：『女人只想生兒育女。』我需要個孩子，對於幸福與否並不那麼在意。我也需要錢，不過，只要有足以撫養孩子的錢就綽綽有餘了。」

藝術家露出怪異的笑容。

「妳眞是少見的人，對誰都可以暢所欲言。和妳一起生活，或許可以帶給我新的創作靈感。」

他說的話不符合年齡，聽起來矯揉做作。我想如果藉由我的力量可以

使藝術家的工作朝氣蓬勃那一定是極有意義的，但是，我無法想像自己躺在藝術家懷抱中的情景。

「即使我毫無愛意也無妨嗎？」我微笑地問。

藝術家很認眞地回答：「女人只要那樣就好了。迷迷糊糊的過日子也不錯。」

「不過，像我這種女人，沒有愛情的話是不可能考慮結婚的。我已經是成年人了，明年就三十歲了。」

說完不由得想搗嘴。

三十歲！突然想起以前讀過的法國小說中有這麼一段話：「女人在二十九歲以前仍散發著少女的氣息，而三十歲女人的身上已無絲毫少女的味道。」

一種難以忍受的寂寞襲來，我不由得望出窗外，沐浴著正午陽光的大海，宛如玻璃碎片般波光瀲灩。閱讀那本小說時，我略有同感，眞懷念那段可以毫不在乎地認爲女人的生活到三十歲就結束的歲月。隨著手環、項

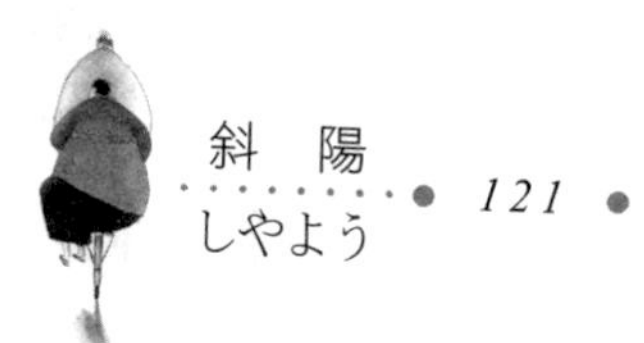

鍊、洋裝、和服腰帶逐一從我的周遭消失，我身上的少女氣息也逐漸淡薄了吧。貧乏的中年婦女，喔！我不甘心。不過，中年婦女也自有她的生活，最近我終於瞭解到這點。

記得英籍教師在回英國時，曾對十九歲的我說：「妳不要談戀愛。愛情只會帶給妳不幸。如果一定要品嘗戀愛的滋味，就等到長大以後，等妳三十歲以後再去體驗吧。」

然而她的這番話只令我迷惘不解，那時的我實無法想像三十歲以後的情景。

「聽說妳準備賣掉這棟別墅？」

藝術家突然露出陰險的表情說。

我笑著說：「抱歉！我想起了『櫻桃園』，或許你能買下吧。」

不愧是藝術家，他似乎已敏感察覺我話中含意，微慍地撇嘴默不作聲。的確，本想以新日幣五十萬圓把這座房子賣給一位皇族當住宅，但交易半途就不了了之，藝術家大概也聽到這個消息。不過，他似乎受不了被

我們當作櫻桃園的羅帕賓，頓時心情惡劣到極點，隨便閒話幾句家常後就告辭了。

我現在並非要求你要像羅帕賓，這點我可以很明確地說，只是請您接受中年女人的「投懷送抱」。

初次與您相逢是六年前的事了。那時我對您的爲人一無所知，只認爲是弟弟的老師，而且是風評稍微不佳的老師。後來我們一起用玻璃杯喝酒，您又對我稍加戲弄，然而我不但毫不在乎，反而感到飄飄然的，說不上是喜歡或討厭你。其間爲了討好弟弟，於是向他借您的作品來閱讀，有時覺得趣味盎然，有時索然無味，我實在不是個熱心的讀者。

然而，六年來，在不知不覺中您的種種如霧般地滲入我的胸中。那夜在地下室的樓梯，我們之間所發生的事突然鮮明地浮現眼簾，總覺得那是我人生的轉捩點。對您的思念，我以爲或許這就是戀愛，我感到惶恐與無助，不由得啜泣起來。您和其他的男人截然不同，我並不像《海鷗》中的妮娜那麼迷戀作家，也不崇拜小說家。如果您認爲我是文學少女，那我反而會不知所措，因爲我只是想要有個您的孩子。

如果在更早以前，您還是單身而我也尙未嫁到山木家時就相遇結婚，或許我就不會像現在這般痛苦。我已經有所覺悟，今生無法與您共結連理。我是斷然不會做出鳩占鵲巢那種卑鄙無恥的暴力行爲。我並不介意當您的妾（我實在不想說這個字眼，不過，情婦的俗話就是妾，所以我乾脆說得坦白些），不過，世間一般爲妾的命運都很坎坷。我曾經聽西片町的老管家和奶媽說過，妾一旦派不上用場就會被拋棄，任何男人一到六十歲都會回到元配身邊，因此，千萬不要當妾。不過，那是指世間一般的妾而言，我覺得並不適用於我們的情況。對您而言，我想最重要的還是您的工作，如果您喜歡我，兩人相處融洽也有助於您的工作吧。這麼一來，您的太太也能諒解我們的事了。或許這是牽強附會的奇怪論調，然而，我認爲我的想法並沒有錯。

問題的癥結在於您的回答。您喜歡我？討厭我？還是兩者都不是？

我非常害怕您的答案，可是我卻不得不問個明白。在上一封信中，我寫了我是一廂情願的情婦，在這封信中也說我是中年女人的投懷送抱，現在仔細想來，若無您的回信，即使想自動送上門也毫無頭緒，只能孤獨而茫然地消瘦下去。畢竟沒有您的隻字片語我也無從做起。

現在猛然想起，您的小說中描寫一些纏綿悱惻的愛情故事，而被世人誤認是個放蕩不羈的壞蛋，其實卻是個有才學的人，而我對才學的定義並不十分瞭解。我以為只要能做自己喜歡的事，那就是幸福的人生。我想為您生孩子，無論如何我都不願與別人生孩子，因此，我才要和您商量。如果您能理解，請回封信給我，明明白白告訴我您的想法。

雨停了，起風了。此刻是午后三點，現在我要去領配給的一級酒（一公升）。我把裝蘭姆酒的兩個空瓶放入袋中，而這封信則放入胸前的口袋內，再過十分鐘我就要去下面的村子。這些酒不給弟弟喝，和子自己要喝，每晚都用玻璃杯斟滿喝上一杯。酒本來就是要用玻璃杯盛著喝的。

您要來我這裡嗎？

M．C先生

今天又下雨了，是濛濛的細雨。每天我都沒有外出，引頸盼望您的回信，然而迄今依舊音訊全無。您到底在想什麼？是因爲不該在上封信中寫那位藝術家的事嗎？您認爲我寫提親的事是爲了激發您的競爭心吧？不過，提親的事已經沒有下文了，剛才還和母親笑談那件事呢。

最近母親說她舌尖痛，在直治的建議下進行美學療法，舌頭不疼痛了，精神也稍微恢復了。

剛才我站在走廊，凝視著捲起漩渦吹過的霧雨，心裡揣摩您的心情。

「牛奶溫熱了，快來啊！」

母親在飯廳裡呼喚著。

「今天蠻冷的，所以把它溫熱一點。」

我們在飯廳喝著熱騰騰的牛奶，邊談起前幾天那位藝術家的事。

「那位先生和我根本就不相配吧？」

母親心平氣和地說：「是不相配。」

「我是這麼的任性。我不討厭藝術家，再說他的收入似乎蠻多的，如果和他結婚，想必也不錯。不過，畢竟是不可能的。」

母親笑著說：「和子眞是個令人傷腦筋的孩子啊！嘴裡說和他之間是不可能的，那天卻和他談得那麼愉快。我還眞不瞭解妳。」

「啊！可是實在很有趣嘛，我還想和他多聊一些呢！我很隨便吧？」

「不！妳就會撒嬌黏人。和子很難纏呢。」

母親今天顯得精神奕奕。

說完看了一下我昨天才把後面頭髮往上梳攏的髮型。

「還是頭髮少的人盤髮較好看。妳的太花俏了，好像戴著一頂小金冠。失敗！」

「和子好失望哦！媽媽不是說過和子的脖子又白又漂亮，最好不要把脖子遮住。」

「妳就只會記得這種事。」

「即使是稍微被誇獎的事，我一輩子也不會忘記。記得了，想起來才開心啊！」

「那天他也誇獎妳了吧？」

「是啊，所以才會纏人啊。說是和我在一起就會有靈感，啊，眞是令人受不了。我雖然不討厭藝術家，但像他那種裝模作樣的人實在令人吃不消。」

「直治的老師是個怎麼樣的人？」

我不由得嚇出一身冷汗。

「不太清楚，反正就是直治的老師，像個有掛牌的不良者。」

「掛牌？」母親流露愉悅的眼神喃喃自語。

「這句話很有趣。掛了牌反而更安全吧？就像脖上繫著鈴鐺的小貓那麼可愛。沒有掛牌的不良才恐怖呢！」

「這樣嗎？」

我好高興，高興到身體似乎要化煙升空。您知道嗎？我爲何會這麼高興？如果您不明白……我可要揍人囉。

眞的，要不要來這裡玩？如果我吩咐直治把您帶來，反而有點不自然，怪彆扭的。不如您趁著酒興，假裝心血來潮在直治的陪同下順道來拜訪。不過，我希望您一個人來，最好是直治出差去東京不在家的時候。因爲如果直治在家，一定會纏著您，你們就只會去阿咲那裡喝酒。

我家歷代祖先都喜歡藝術家。從前一位叫光琳的畫家曾經長期住在我們京都的家，替我們在拉門上畫了美麗的畫。所以您的來訪我想母親也一定會很高興的。您大概會被安排在二樓的西式房間休息。請不要忘記關燈，我會手拿著小蠟燭，爬上漆黑的樓梯……這樣不行？太早了哦。

我喜歡不良，尤其是有掛牌的不良者，而且也希望自己變成掛牌的不良者。除此之外，我的生活似乎別無選擇。您是日本頭號掛牌的不良者，我聽弟弟說，最近又有許多人因極度憎惡您，而攻擊您卑鄙、下流，不過，我是益加喜歡您。

以您的才學應該會有很多張網，要什麼樣的女人就會有什麼樣的女人吧？不過，早晚您會只喜歡我一個人的。不知爲什麼我非得讓您這麼認爲不可，而且，您和我一起生活，每天就能夠愉快地工作吧。從小至今大家經常誇我：「只要和妳在一起就會忘記煩惱。」至今我尚無被人討厭的經驗，大家都說我是好孩子，因此，我想您也絕對不會討厭我才是。

只要能見您一面我就心滿意足了。已經不需要您的回信了，只想見見您。到東京登門造訪是能見到您最簡單的方法，然而母親已是半個病人，我是唯一的護士兼女傭，片刻也不能離開，要上東京見您那是不可能的。

拜託您無論如何都要來這裡一趟，我渴望見您一面，您就會瞭解一切的。請看我嘴角出現的細微皺紋，看看這世紀之悲的皺紋，我的臉龐應該會比我的言語更清楚地告訴您我的想法。

最初寫給您的信中提到我心中懸掛著一道彩虹。那道彩虹不及螢光或星光般燦爛，若它是一種虛無縹緲的情感，我便不至於這麼痛苦而能逐漸將您遺忘。我心中的彩虹是一座燃燒的橋，那是種熾熱焦灼的感情，麻藥中毒者用完麻藥索藥時的心情，恐怕也沒有這麼難熬吧。

雖然自知沒有做錯什麼事，亦非邪惡之徒，猛然想到自己正在做天底下最愚蠢的事，不由得驚懼不已。我也常常反省自己是否發瘋了，不過，我也有冷靜的計劃。眞的！請您來我這裡一趟，隨時都可以來。我哪兒也不去，一直等著您的大駕光臨。請相信我。

讓我們再見一次面，到時您若不喜歡我，請坦白地告訴我。我胸中的火焰是您點燃的，所以要由您來澆滅，憑我一己之力是無法辦到的。總之，再見一次面，只要再見一次面，我就能脫離苦海。若在《萬葉集》或《源氏物語》的時代，我所敘述的事根本就司空見慣。我渴望成爲您的愛妾，當您孩子的母親。

如果有人嘲笑這樣的信，那他就是在嘲笑女人爲生存所做的努力，嘲笑女人的生命。我無法忍受港內令人窒息的沉濁空氣，縱然港外有暴風雨，我也要揚帆出海。收疊起來的帆，毫無例外，是骯髒的。笑我的人都一定是收疊起來的帆，什麼事也做不了。

眞是難纏的女人。然而在這個問題中最痛苦的是我啊。沒有承受任何痛苦的旁觀者，一面慵懶地收起骯髒的帆而擱置不用，一面卻批判這個問題，眞是荒謬。我不希望別人隨意評我是什麼思想。我是沒有思想的，從來不曾以什麼思想或哲學來行動。

我可清楚得很，那些在社會上被人誇獎、受人尊敬的人都是騙子，都是僞君子。我不相信這個社會，只有掛牌的不良者才是我的同伙。掛牌的不良者，即使被釘死在這個十字架上亦無憾；雖受萬人指責，我也能反駁他們：「你們難道不是沒有掛牌、更加危險的不良者嗎？」

您瞭解了嗎？

愛是沒有理由的，我說了太多近似理論的話，覺得自己只不過是在模仿弟弟的口吻罷了。我只是等著您的到來，希望再見您一面，僅僅如此而已。

等待！啊！人生充滿著喜、怒、哀、樂的各種感情，但那些感情僅佔人生的百分之一，其餘的百分之九十九不都是在等待中度日嗎？我望眼欲穿、心如刀割般地等待從走廊傳來幸福的跫音，結果卻希望落空。啊，人

生未免過於悲慘，大家都認爲何苦還要來到人世走一遭呢？日復一日從早到晚都在癡癡地等待，未免太過悲慘了，但願我能愉悅地面對生命、人群、人世，慶幸能夠來此塵世。

您不能掙脫道德的束縛嗎？

M·C（這不是My Checkhov的大寫字母，我可不是迷戀上作家。My Child。）

第5章 從悲哀中破繭而出

為了苟延殘喘、達成心願，
不管多麼下流我都要與社會爭鬥到底。
知道母親瀕臨死亡的事實後，
我的浪漫主義和感傷逐漸消失，
覺得自己也即將變成一隻奸詐、狡猾的動物。

今年夏天我寫了三封信給某個男人，結果石沉大海。但我除了如此別無選擇。三封信中都抒發我胸中的情感，我以彷彿自海角尖端縱身怒濤時的心情把信寄出，但任憑我左等右等，依舊音訊全無。

我拐彎抹角地向弟弟直治打聽那個人的情形，他依舊如故，每晚都去喝酒，專寫一些傷風敗俗的作品，直教社會上的人們頻頻皺眉與憎惡。他勸直治辦出版社，而直治也興致勃勃，除了他以外，又找來兩三個小說家當顧問，好像也可以找到提供資金的人什麼的。

我所愛的人周遭似乎一點也沒有滲入我的味道。我既羞又愧，這個世界宛如奇妙的生物，與我所認爲的世界截然不同。自己彷彿被孤獨遺棄，佇立在叫天天不應叫地地不靈、秋日黃昏的曠野中，一股未曾品嘗過的悽愴情緒襲上心頭。這就是所謂的失戀嗎？

思及只能一直佇立在曠野中，隨著暮色昏沉而被露凍死，不禁無淚慟哭，肩膀與胸口激烈顫抖起伏，幾乎喘不過氣來。

事已至此，無論如何我都要上東京見見上原先生。我既已揚帆，只有駛出港外，沒有停泊的道理，我必須去要去的地方。正當我悄悄準備上京的事時，母親的身體狀況惡化了。

有一晚母親不停地咳嗽，我量了一下體溫，三十九度。

「因為今天太冷了，明天就會好了。」

母親邊咳邊小聲地說。我認為這不是普通的咳嗽，決定明天一定要請下面村莊裡的醫生來一趟。

隔天早上，熱度降到三十七度，咳嗽也不那麼頻繁了。不過，我還是去找村裡的醫生，把母親最近身體忽然衰弱起來，昨晚再度發燒，咳嗽的狀況也與普通感冒的咳嗽不同等症狀告訴他，拜託他出診。

「好的，我待會就去。這是別人送的東西。」說著，從客廳角落的櫥櫃拿出三顆梨給我。

正午過後不久，他穿著白底藍花紋棉布搭配紗質外褂來到家中，如往常一樣費了很長時間為母親診察，然後轉過身正面朝向我。

「妳不要擔心，吃了藥就會好的。」

我頓時覺得好笑，但還是極力忍住笑意。

我問：「需不需要打針？」

他嚴肅地回答：「沒有這個必要吧。這是感冒，只要安靜地休息，感冒很快就會好了。」

然而經過了一星期，母親依然沒有退燒。雖然咳嗽已經好了，可是體溫在早上約為三十七度七，到了傍晚就升到三十九度。

醫生在出診後的隔天起因吃壞肚子而休診，我去拿藥時，告訴護士母親的病情不佳，請她代為轉告醫生。醫生卻回答「只是普通的感冒，不需要擔心」，然後給我藥水和藥粉。

直治依舊去東京出差，已經十多天沒有回來了。我一個人既孤單又害怕，於是寫張明信片，把母親身體狀況的變化告訴和田舅舅。

大概在母親發燒後的第十天，村裡醫生的胃腸終於復原，於是又來家裡診察。

醫生很仔細地檢查母親的胸部。

「我知道了，我知道了。」

他突然叫起來，然後又轉身面對我說：「我知道發燒的原因了。左肺有浸潤的現象，不過，不需要擔心。暫時會持續發燒，讓她安靜休息就好了。」

是這樣嗎？我有點懷疑，但宛如溺水者攀草求援的心情，村裡醫生的診斷多少能讓我安心一點。

醫生回去後，我說：「太好了。媽媽！您只是肺部有點浸潤，大部分的人都有這種情形。您只要心情保持愉快，很快就會好了。今年夏天的氣候反常，眞令人討厭。和子討厭夏天，和子也討厭夏天的花。」

母親閉起眼睛笑著說：「有人說喜歡夏天花兒的人會死於夏天。我本以爲今年夏天會死，現在直治回來了，所以我也活到了秋天。」

想到像直治那樣的人依然是母親生命的支柱，不由得心裡難受起來。

「那麼，現在夏天已經過了，媽媽也已經渡過危險期的關卡了。媽媽！院子裡的胡枝子開花了。此外還有女蘿、地榆、桔梗、黃背草、狗尾

草，整個庭院已經充滿秋意了呢。到了十月，您的燒也一定會退的。」

我如此地祈禱著。

只要這個燠熱的九月，即殘暑季節早點過去就好了。一旦菊花盛開、風和日麗的小陽春天氣接著來臨，母親也一定會退燒，身體康復的，而我也就可以和那個人見面了。或許我的計劃會像大朵菊花般燦爛地盛開。啊！要是十月能早點來臨而母親也能退燒就好了。

在我寄給和田舅舅明信片後的一星期，和田舅舅請以前當過御醫的三宅老醫生帶著護士從東京趕來為母親診察。

老醫生是亡父生前的朋友，母親見到他顯得很高興。老醫生向來沒有禮貌，遣詞用詞也很粗魯，但母親還是對他頗有好感。那天他們兩人把診察的事拋在一旁，融洽地閒話家常。

我在廚房做布丁，端到母親房間時，似乎已經診察完畢，老醫生像掛項鍊似地隨便把聽診器掛在肩上，然後坐到房間外面走廊的籐椅上。

「像我這種人走到麵攤子前，也是站著吃烏龍麵的，才不管它好吃不好吃。」

他悠哉地繼續閒話家常，母親也是神色自若地聆聽。沒有什麼大問題吧，我終於鬆了一口氣。

「家母的情況怎麼樣呢？村裡的醫生說是左胸有浸潤現象什麼的。」

突然間精神來了，我連忙詢問三宅先生。老醫生若無其事輕聲地說：

「什麼？不要緊的。」

「啊！太好了！媽媽！」

我由衷地微笑，高聲對母親歡叫。

「醫生說不要緊的。」

這時三宅先生突然從籐椅上站起來，往中式客廳走去，看起來彷彿有事要告訴我。我連忙悄悄尾隨其後。

老醫生走到客廳的壁掛處就停下腳步說：「我聽到了一些奇怪的聲音。」

「是浸潤嗎？」

「不是。」

「是支氣管炎嗎？」我熱淚盈眶地問。

「不是。」

肺結核！我極不願意想到這個字眼。如果是肺炎、浸潤或支氣管炎，我一定竭盡所能治好它。

是肺結核的話，或許就沒有指望了。頓時，我有種搖搖欲墜的感覺。

「聲音非常不好嗎？聽起來啪啦啪啦的嗎？」

我忐忑不安地低聲啜泣。

「左右兩邊都是。」

「可是媽媽還很有精神啊，直說飯很好吃。」

「我無能爲力。」

「騙人！沒有這回事吧？如果給她吃很多的奶油、蛋和牛奶就會治好吧？只要身體有抵抗力，就會退燒吧？」

「嗯！儘量讓她多吃。」

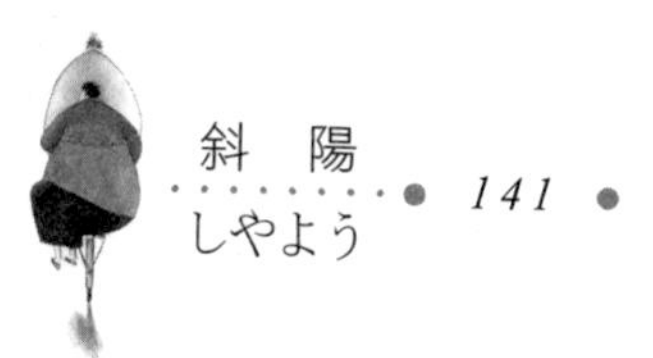

「我說的沒錯吧？媽媽每天也都吃五顆左右的蕃茄呢。」

「嗯！蕃茄不錯。」

「那麼就沒有問題了吧？治得好吧？」

「不過，這種病可能會致命，妳最好要有心理準備。」

世界上有許多事是人力無法挽回的，有生以來我第一次體會到「絕望之壁」的存在。

「二年？三年？」

我全身不由得顫抖，小聲地詢問。

「很難說。總之，我已無能爲力了。」

三宅先生那天已在伊豆的長岡溫泉預約好房間，於是帶著護士一起回去了。我送他們到門外，然後轉身直奔回房間，坐在母親的枕邊，若無其事地裝出笑臉。

「醫生怎麼說？」母親問。

「他說只要退燒就沒事了。」

「我的胸部呢？」

「好像沒什麼。嗯！就像您上次生病的情形，眞的。天氣即將轉涼，您很快就會康復的。」

我試著相信自己的謊言，企圖忘掉致命等可怕的字眼。母親若去世，意味著我的肉體也將一起消失，我實無法相信那是事實。從現在起我要忘掉一切，爲母親準備許多美味可口的東西。

魚、湯、罐頭、肝臟、肉汁、蕃茄、蛋、牛奶，還有白飯、年糕等，要是有高湯和豆腐就好了，可以做豆腐味噌湯。

凡是好吃的東西我都要給母親吃，把我所有的東西都賣掉，然後買來孝敬母親。

我站起來走去客廳，把客廳內的躺椅移到走廊附近可以看見母親的地方，然後坐下。

端詳正在休息中的母親之面容，一點也不像病人，眼睛美麗清澈，臉色鮮潤。每天早上都按時起床上廁所，接著在三個榻榻米大小的浴室裡自已梳理頭髮，全身打扮整齊後，再回到房裡，坐在床上用膳，然後一整天或睡或醒。上午不是看報紙就是看書，只有午后才會發燒。

「啊！媽媽精神很好，一定會恢復健康的。」

我心中強力否定三宅先生的診斷。

到了十月，菊花盛開時，就在我描繪未來的美景時，迷迷糊糊中開始打瞌睡。我看見在現實中未曾見過、卻在夢中時常出現的景緻。

啊！又來到這裡了。我來到很熟悉的林中湖畔，和穿和服的青年沒有發出跫音一起漫步。整個風景彷彿籠罩在綠色的霧中，而且湖底沉著一座別緻的白橋。

「啊！橋沉了。今天哪兒也無法去，就在這裡的旅館休息吧，應該還有空房間的。」

湖畔有棟石砌的旅館。旅館的石頭被綠色的霧沾濕了。石門上以金字細刻 HOTEL SWITZERLAND。到 SWI 時，突然想起母親的總總。母親怎麼了？她也來到這家旅館了嗎？我頗爲懷疑。然後我和青年一起穿過石門，走入前院。在霧中的庭院裡，宛若繡球花的大紅花燃燒似地盛開。孩提時在棉被的圖案上看到鮮紅的繡球花，感到悲傷莫名，如今我才相信真的有紅色的繡球花。

「不冷嗎？」

「嗯，有一點。耳朵被霧弄濕了，耳內會冷。」我笑著問：「媽媽不知怎樣了？」

青年露出悲傷而慈愛的笑容回答：「她已經躺在墳墓裡了。」

「啊！」

我輕呼一聲。原來已經到了這個地步了，母親已經不在人世了，那麼她的葬禮也早就舉行過了吧？啊！意識到母親已經去世，一種難以言喻的淒涼感使我全身顫慄，突然驚醒。

陽台上已經籠罩黃昏，正在下雨，綠色的淒涼感如夢般瀰漫周遭。

「媽媽。」

我喚了一聲。

「妳在做什麼？」

母親以平靜的聲音回答。

我興奮地飛奔到房間。

「剛剛我睡著了。」

「是嗎？我還以爲妳在做什麼呢，原來是睡了這麼久的午覺啊。」

母親笑得很開心。

看到母親依然如此優雅地活著，我既高興又感激，不禁熱淚盈眶。

「今晚有沒有想吃什麼菜？」

我以嬉鬧的口吻說。

「不用了，我什麼都不要。今天又發燒到三十九度半。」

瞬間，我被駁得無言以對，心情異常沮喪，想不出任何方法，茫然地環視昏暗的房間。

突然間，我眞想死。

「不要緊的，只是在發燒前令人非常難受。頭隱隱作痛，渾身發冷，接著就發燒了。」

屋外已經一片漆黑，雨似乎停了，正颳起了風。我打開電燈，正準備去飯廳時，母親喚住我。

「太刺眼了，不要開燈！」

「您不是討厭在黑夜中躺著嗎？」我站著詢問。

「因爲就像是閉著眼睛睡覺一樣，一點也不會寂寞，反倒是刺眼才教人討厭呢。以後這個房間就不要開燈了。」

母親的回答給我一種不祥的感覺。我默默關掉房間的電燈，走去隔壁我的房間打開桌燈，心裡感到無比淒涼。於是趕緊走去飯廳，拿出鮭魚罐頭和著冷飯，吃著吃著不禁潸然淚下。

入夜後風勢逐漸增強，九點左右又挾帶著大雨，形成眞正的暴風雨。兩三天前捲起來的竹簾，正發出砰砰聲，我在母親隔壁的房裡以異常興奮的心情讀著羅莎．盧森堡的《經濟學入門》。

這是最近我從二樓直治的房間拿來的。那時我還把《列寧選集》及考茨基的《社會革命》等一起擅自借來擺在我的桌上。有一天母親早上洗過臉後要回房時，經過我桌子的旁邊，眼光突然停在這三本書上。

她一本一本拿在手上翻閱，然後微微嘆了一口氣，又輕輕擺回桌子，流露出寂寞的表情瞥了我一眼。雖然母親的眼神中深含悲傷，卻不帶反對或嫌惡之意。她平常所讀的書都是雨果、大仲馬、小仲馬、繆塞及都德等人的作品。我知道那些美好的作品蘊含著革命的氣息。「天生的教養」這個詞雖然很奇怪，但和母親一樣擁有那種特質的人或許毫無意外地能理所當然的迎接革命。

而我閱讀羅莎．盧森堡的書等，雖然多少有些做作，不過還是有自己獨特的體會。羅莎書中寫的是經濟學的問題，但若當作經濟學來讀，倒眞的很乏味。事實上，內容淨是單純而明顯的事。不，或許我完全無法理解經濟學。總之，我對這種問題一點也不感興趣。

「人類是吝嗇的，而且是永遠吝嗇的」，假若沒有這個前提，它就是完全不成立的學問。不吝嗇的人對分配的問題等簡直毫無興趣可言。

不過，我從別的角度來看這本書，體會到一種莫名的興奮。那就是這本書的作者毫不猶豫地一一破壞舊思想時不顧一切的勇氣。我的腦海中甚至浮現出一位有夫之婦的身影，她不顧違反道德，還是若無其事地飛奔到自己所愛的人身邊。

破壞思想！破壞是可憐可悲又美麗的。破壞、重建，以致完成的美夢。或許一旦破壞永無完成之日，然而爲了無限戀慕的愛，非進行破壞不可。羅莎爲了馬克思主義悲切地付出她所有的愛。

那就是十二年前冬天的事了。

「妳還是『更級日記』的少女吧？那就沒有什麼好說的了。」

朋友說後離我遠去。那時我把還沒有閱讀過的列寧的書還給她。

「妳看過了嗎？」

「抱歉！我沒有看。」

我們站在看得見「尼古拉堂」的橋上。

「爲什麼？」

朋友約高我一寸，外文的造詣很深，那頂紅色的圓帽和她非常相稱，容貌宛若蒙娜麗莎，是大家公認的美人。

「因爲我不喜歡封面的顏色。」

「好奇怪的人。不是這樣吧？其實妳是怕我吧？」

「我才不怕妳呢，只是無法忍受封面的顏色。」

「是嗎？」

她落寞地說。接著就說我是「更級日記」，確信不論向我說什麼也是白費心血的。

我們默默俯視冬季的河流一會兒。

「請多保重！如果這是永遠的離別，就請永遠地保重！拜倫。」

說完以原文快速背誦拜倫的詩句，雖然輕輕抱了我一下。

「實在很抱歉。」

我覺得很羞愧，低聲地道歉，然後往「御茶水車站」走去。驀然回首，朋友依舊木然佇立橋上凝視著我。

從此我們不曾相遇。雖然我們在同一位外籍教師家補習，唸的學校卻不同。

十二年歲月如霧般消逝，我仍然未從「更級日記」的時代跨出一步。我在那段歲月裡到底都在做什麼？既不憧憬革命，連對愛情也一無所知。過去社會上的大人們都告訴我們，革命和戀愛是最愚蠢、最醜陋的行爲。戰前與戰時我們對這些話深信不疑，敗戰後我們不再相信社會上的大人，開始發覺眞正的生存之道與他們所說的相左。

事實上，革命與戀愛才是塵世最美、最甜之物。一定是因爲過於美好，所以大人們才會蓄意欺騙我們，指說那是「酸葡萄」。我確信人類是爲愛情與革命而誕生的。

忽然間紙門被拉開，母親笑著探出頭。

「妳還醒著啊？不想睡嗎？」

我望了一眼桌上的鐘，已經十二點了。

「嗯！一點也不想睡。因爲我正在看社會主義的書，心情非常高昂。」

「原來如此。沒有酒嗎？這個時候喝一杯酒會很容易入睡的。」

母親以開玩笑的口吻說，然而態度輕佻略帶頹廢色彩。

不久，十月終於來臨。然而不是晴空萬的秋空，而是日復一日如梅雨季節般的潮濕又悶熱。母親的熱度依舊是每到傍晚就在三十八、九度之間起伏。

一天早上，我發現了一件可怕的事：母親的手竟然浮腫起來了。以往說早餐最是美味可口的母親，此時只能坐在床上，喝一小碗稀飯，若菜的味道太重也不合她的胃口。

那天我特地煮了松茸清湯，然而，就連松茸的清香似乎依舊不合她的胃口。她把碗捧到嘴邊，又輕輕地放回餐盤上。就在那時，我看到母親的手，不禁嚇了一大跳，她的右手腫成圓滾滾的。

「媽媽！您的手不要緊嗎？」

連她的臉色都有點蒼白，似乎也浮腫了。

「不要緊的。只是如此而已，根本沒有怎麼樣。」

「什麼時候腫起來的？」

母親露出半瞇著眼的神情默默不語。我很想放聲大哭，這樣的手不是母親的手，是別人的手。我母親的手更細更小！是我最熟悉的手！優美的手！可愛的手！難道那隻手永遠消失了嗎？左手雖然沒有腫得那麼厲害，還是令人不忍目睹，我連忙把視線挪開，望著壁龕的花籃。

眼淚快淌出來了，再也忍不住了，我迅速站起來走去飯廳，直治一個人正在那裡吃著半熟的蛋。即使他偶爾回到伊豆的家，晚上也鐵定去阿咲那裡喝燒酌。早上則露出情緒不佳的表情，不吃飯只吃四、五顆半熟的蛋，然後就再回到二樓睡睡起起。

「媽媽的手腫起來了。」

我對直治說完這句話後不由得低下頭，再也無法言語，肩膀抽搐啜泣起來。

直治默默不語。

我抬起頭抓住餐桌的邊緣說。

「已經病入膏肓了，你沒有察覺嗎？腫成那樣已經沒有希望了。」

直治神色黯然。

「時間就快到了吧。啐！怎麼淨是煩人的事。」

「我想治好她，無論如何我都要治好她。」

我邊用右手擰緊左手說。直治突然啜泣起來。

「就沒有一件是好事嗎？難道我們身上就沒有一件好事嗎？」

說著用拳頭胡亂揉起眼睛。

那天直治去東京的和田舅舅那裡報告母親的病況，同時請教今後的應變措施。從早到晚只要不在母親的身旁時我幾乎都是以淚洗面，去拿晨霧中的牛奶時、照鏡梳頭、塗口紅時，都是熱淚盈眶。從前和母親共度晨昏的幸福日子歷歷在目，再也無法忍住一滴淚水。

傍晚天色昏暗後，我走到客廳外的陽台啜泣許久。秋空星光閃爍，不知誰家的貓蜷縮在我腳邊不動。

隔天母親的手腫得比昨天更嚴重了。飯也沒有吃上一口，連橘子汁也說是喉嚨刺痛而無法喝。

「媽媽！要不要戴直治上次說的那個口罩。」

原本打算笑著說，說著說著頓覺難受，不由得放聲大哭。

「每天這麼忙，一定很累吧？不如請位護士吧。」

母親平靜地說。我深知她不以自己的身體爲念，反而更擔心我的身體，越想越悲傷，連忙站起來跑去浴室盡情大哭一場。

午后直治帶來三宅老醫生和兩位護士。

平常愛開玩笑的老醫生此時卻板著臉孔咚咚地走進病房，立刻開始爲母親檢查，也不知道說給誰聽的喃喃低語：「身體變虛弱。」

接著爲母親注射樟腦液（促進嚴重病人的血液循環，防止心臟麻痺）。

「醫生今晚要住哪裡？」

母親彷彿說著夢囈。

「還是長岡。已經預約好了，妳不用擔心。妳這個病人不要操心別人的事，倒是想吃的東西就再多吃一點，多攝取營養很快就會痊癒。明天我會再來一趟，留一個護士在這裡，有什麼事，儘管吩咐她。」

老醫生對著病床的母親大聲說，然後向直治使個眼色就站起來。

直治一個送人送醫生和隨行的護士出去，不久後回來，我看到他一副泫然欲淚的表情。

我們悄悄離開病房，接著走去飯廳。

「沒有希望了嗎？到底怎麼樣？」

「沒有用的。」

直治撇嘴笑著說。

「好像驟然劇烈衰弱起來。說些不知道是今天或明天之類令人討厭的話。」

說著說著，淚水從直治的眼眶溢出。

「要不要打電報通知親戚？」

我反而冷靜得出奇。

「我和舅舅商量過了。舅舅說如今時代不同了，根本不可能召集那麼多人，就算他們都來了，我們家這麼寒酸反而失禮，更何況這附近也沒有間像樣的旅館。總之，我們已經貧窮了，再也無力邀請那些大人物。舅舅應該很快就到了，不過，他向來吝嗇，別指望要靠他。就拿昨晚來說吧，把媽媽的病置之不顧，狠狠地訓我一頓。被吝嗇的人訓到醒悟過來的，古今內外史無前例吧。雖然是姊弟，媽媽和那傢伙簡直有天壤之別，眞是個令人討厭的傢伙。」

「不過，我還無所謂，倒是你今後還得仰賴舅舅照顧……」

「礙難從命，我情願當乞丐。反倒是姊姊今後得仰賴舅舅。」

「我……」眼淚又流出來了。「我自有去處。」

「結婚？已經決定了嗎？」

「不是！」

「自力更生？職業婦女？得了吧！」

「不是自力更生，我要去當個革命家。」

「咦？」

直治以很奇怪的表情看著我。

那時三宅醫生留在我家的護士來叫我。

「太太好像有什麼事情找您。」

我趕緊去病房，坐在棉被旁邊。

「什麼事啊？」

我把臉挨近母親詢問。

母親好像有話要說，卻依然沉默不語。

「要水嗎？」我詢問。

母親微微搖頭，好像不是要水。過了一會兒，她低聲地說：「我做了一個夢。」

「是嗎？什麼樣的夢？」

「我夢見蛇了。」

我不禁嚇了一大跳。

「走廊放鞋的石板上，應該有一條紅色斑紋的母蛇，妳去看看吧。」

我感到一股寒意，迅速站起來走去走廊。隔著玻璃窗望去，放鞋的石板上果然有一條蛇，正伸長身子沐浴在秋日的陽光下，我突然感到一陣暈眩。

我認識妳！妳比那時我所見到的妳稍微大些，也老些。不過，妳就是蛇蛋被我燒掉的那條母蛇吧？我已經非常了解妳要報仇的心態，妳趕快滾，滾得遠遠的。

我在心中唸唸有詞，一直凝視著那條蛇，可是那條蛇說什麼動也不動。不知爲什麼，我就是不想讓護士看到那條蛇。碰！我用力跺腳。

「沒有啊。媽媽！夢是靠不住的。」

我故意提高音量說，然後往放鞋的石板瞄了一眼。蛇終於開始蠕動，緩緩地從石板上滑落。

已經沒有希望了，看到那條蛇後我才徹底死心。父親過世時，據說枕邊有條黑色的小蛇，而且當時我也看到蛇纏繞在庭院的樹上。

母親似乎連起床的力氣都沒有了，整天昏昏沉沉地躺著，把自己完全交給護士來照顧，而且三餐幾乎無法下嚥。看到蛇之後，我彷彿從最深層的悲哀中破繭而出，心裡反倒平靜下來，宛若幸福感的閒情油然而生。事已至此，我只想儘量陪在母親的身旁。

第二天起，我緊坐在母親的枕邊編織毛線。無論是編織或穿針引線，我都比別人迅速，只是技巧笨拙，因此，母親總是握著我的手，一一教我修正拙陋處。這天我雖然沒有心情編織，但爲了黏在母親身邊也不會覺得不自然，於是拿出毛線盒來做個樣子，開始摒除雜念編織起來。

母親一直凝視我的手。她說：「妳在編織自己的襪子嗎？那麼，別忘了再加入針，否則穿起來會緊繃不舒服哦。」

小時候，無論母親怎麼教我，我總是無法織得很好。此時又像那時一樣，我頓覺慌張失措，羞愧難當，同時懷念起昔日時光。想到母親今後再也無法教我編織，淚水不由得盈出，使我看不清編織的網孔。

母親這樣躺著，一點也沒有露出痛苦的表情。

從早上起她就完全沒有進食。我只有用紗布浸茶偶爾幫她潤溼嘴唇。

然而她的意識仍然很清楚，不時溫和地和我說話。

「我記得報紙刊登過天皇陛下的玉照，我想再看一次。」

我把報紙上照片的部分擺在母親的眼前。

「陛下老了。」

「不，是這張照片拍得不好。最近的照片顯得異常年輕，而且意氣風發呢，反倒像是正興高采烈地迎接這個時代。」

「爲什麼？」

「因爲陛下現在也被解放了啊。」

母親落寞地微笑。隔了半晌說：「陛下現在已是欲哭無淚了啊。」

突然間我覺得母親現在不是很幸福嗎？所謂的幸福不正像沉入悲哀的河底、微微泛光的砂金嗎？人在歷盡悲哀之後，總會油然而生淡泊之心，如果這就是幸福，那陛下、母親和我此刻的確是幸福的。靜謐的秋日早晨，陽光柔和地照著庭院。我停下編織，眺望遠處與我胸口呈一直線、閃閃發光的海面。

「媽媽，以往我不太懂人情世故。」

說完意猶未盡，可是又怕被在房間角落準備靜脈注射的護士聽到會難爲情，因而把話嚥下。

「以往……」

母親微微笑著挑我的語病。

「那麼，妳現在就懂人情世故囉？」

不知爲什麼我滿臉通紅。

「還是不懂人情世故！」

母親轉過臉去，喃喃低語。

「我也不懂。又有誰懂呢？不管多大歲數，人人都是小孩，什麼都不懂！」

縱然如此，我必須活下去。或許我還是個小孩，可是不能永遠只會撒嬌，今後我必須與現實社會爭鬥到底。啊，我認爲母親是凡塵中最後一位與世無爭、不怨天尤人地結束其既美麗又悲淒一生的人。臨死的人多麼美麗動人啊！求生，苟延殘喘是非常醜陋、充滿血腥味、極為卑鄙的事。我不自覺地在榻榻米上憑空描繪出一條因懷孕要挖洞的蛇的身影。不過，我仍然不死心。為了苟延殘喘、達成心願，不管多麼下流我都要與社會爭鬥到底。

知道母親瀕臨死亡的事實後，我的浪漫主義和感傷逐漸消失，覺得自己也即將變成一隻奸詐、狡猾的動物。

那天午后不久，正當我在母親身旁為她濕潤嘴唇時，門前停了一部車子。和田舅舅和舅媽一起從東京開車趕來了。舅舅踏進病房，默默地坐在母親的枕邊。

母親以手帕掩住自己下半部的臉龐，眼光凝視著舅舅，然後哭了起來。然而，只是一張哭臉，眼淚卻流不出來，給人洋娃娃的感覺。

「直治在哪裡？」

隔了一會兒母親望著我說。

我連忙走上二樓，對正橫躺在西式房間沙發上看著新刊雜誌的直治說。

「媽媽在叫你。」

「唉！又是個悲嘆場面？妳們眞有耐性，還在那裡堅持到底啊。神經未免太魯鈍，眞是無情薄倖。我等不管如何痛苦，心靈固然願意，但肉體卻軟弱了。我片刻也無法待在媽媽身邊。」

說著穿起上衣和我一起下樓。

我們並肩坐在母親的枕邊。她立刻從棉被裡伸出手，默默地指著直治，然後指著我，再把臉朝向舅舅，雙手緊緊地合十。

舅舅用力點頭說：「啊！我知道了！我知道了！」

母親安心似地輕輕閉上眼睛，靜靜地把手放回棉被裡。

我不禁哭出來，直治也低頭嗚咽。

此時三宅老醫生從長岡趕過來，他先幫母親打了一針。或許母親因已見到舅舅不再遺憾，於是說：「醫生！請幫我早點解脫吧。」

老醫生和舅舅互望一眼，沉默中兩人的眼眶閃著淚光。

我走去飯廳，準備舅舅喜歡吃的清湯麵。我弄了四分端到客廳，分給

醫生、直治和舅媽。然後再把舅舅從東京丸內飯店帶來的禮物——三明治請母親過目後，放到母親的枕邊。

「很忙吧。」母親小聲地說。

大家在客廳裡閒聊了一會兒。舅舅和舅媽因有事今晚必須趕回東京，遞給我一筆慰問金；三宅先生也準備和護士一起回去，吩咐照顧母親的護士做好各種準備。總之，醫生認爲母親的意識還很清楚，心臟也沒有那麼衰弱，打過針後應該可以撐個四五天，所以當天大家都坐轎車趕回東京。

送走大家回到母親房裡時，母親露出唯獨對我才有的親密笑容。

「妳很忙吧！」

母親又輕聲低語。她的臉生氣勃勃，甚至是容光煥發，我想是因爲能和舅舅見面顯得精神愉快吧。

「不忙！」

我的心情也稍微開朗起來，不由得莞然一笑。

這就是我和母親最後的談話。

大約三小時後，母親去世了。秋日靜謐的黃昏，護士小姐量她的脈搏，在只有直治和我兩個親人的守護下，日本最後的一位貴婦人，我美麗的母親……。

母親死後的容貌幾乎沒有變化。父親去世時，臉色頓時改變，而母親的臉色與生前無異，只有呼吸停止了。沒有人知道她是幾時停止呼吸的，前天臉龐的浮腫就消失了，現在她的臉頰如蠟般光滑，薄唇抿著，露出微笑，似比生前更加優雅。

我覺得她就像是聖母哀痛耶穌畫像中的瑪麗亞。

第6章 站在上帝的審判台

即使站在上帝的審判台上，我也絲毫不覺得內疚，
因為人是為愛情和革命而誕生的。
上帝應該不會懲罰我的，我問心無愧。
因為我是真心愛他，所以泰然自若。

開始戰鬥！

我不能永遠沉浸在悲哀中，無論如何我都必須奮戰到底。新的倫理！不，這麼說是僞善的。愛！這就是所有的理由了，猶如羅莎必須憑藉新的經濟學才能生存，我現在也必須仰賴愛情才能生存。

耶穌爲了揭穿世上的宗教家、道德家、學者、權威者的僞善面具，並毫不猶豫地宣揚神的眞愛，特地差遣十二個門徒遠赴各地，他訓誡弟子的話，我覺得和我現在的情形並非完全無關。

不要帶錢囊，也不要帶糧袋、替換的外套、鞋子和手杖。注意！我差你們去，如同羊入狼群，所以，你們要靈巧如蛇，馴良如鴿。對任何人都要提高警覺！因為你們會被逮上法庭，或在會堂上遭受鞭打。還有，你們為了我的緣故，將被帶到官長和君王的面前。

當你們被盤問時，別擔心怎樣答辯；適當的回答將會適時出現。因為說話的不是你們，乃是你們的父的聖靈，藉著你們傳話。

因為在我的門下，你們將受到人人憎惡，但是，堅持到底的，必然得救。

如果你們在這裡遭受迫害，迴避到別處去吧！我坦誠地告訴你們：在你們走遍以色列各地之前，「人子」的我將會來臨。

那些只能殺害肉體，不能毀滅靈魂的人，不用怕他，但是，那位有權把肉體和靈魂都毀在地獄的上帝，正要對祂有所敬畏。

別以為我將把「和平」帶到人間；不是「和平」！我送來的，乃是「刀劍」。

我來了，將會引起父子不和，母女反目，婆媳糾紛。同時，自己的家人將會變為仇敵。

愛父母過於愛我的人，不配作我的門徒；愛兒女過於愛我的人，不配作我的門徒。

開始戰鬥！

如果我只是爲了愛情而誓守耶穌的這番教誨，耶穌會責備我嗎？我不懂爲何「愛情」是醜惡的，而「博愛」才是聖潔的，在我看來兩者都是相

同的。爲了無法理解的博愛，爲了愛情，爲了以上兩者所引起的悲哀，有權把肉體和靈魂都毀在地獄的上帝……啊！我堅信我才是自己的主宰。

在舅舅等人的協助下，母親的密葬（只通知親屬的葬禮）在伊豆舉行，而正式葬禮則東京舉行。之後直治和我又回到伊豆的山莊，過著一種相對無言、理由不明的不愉快生活。

直治以需要「出版社的資金」爲藉口，把母親的寶石全部拿走，每當在東京喝累後，就會像個重病患者帶著一張蒼白的臉，步履蹣跚地回到伊豆山莊睡覺。

有次他帶個年輕的舞女回來，因爲這件事他居然有點害臊，於是我說：「今天我要去東京一趟，可以嗎？我想去拜訪一位睽違已久的朋友，可能會住上兩三個晚上，你就留在這裡看家吧。煮飯做菜的事，就麻煩你那位朋友幫忙囉。」

我就像蛇那般慧黠，利用了直治的弱點。我把化妝品和麵包等裝入手提袋，然後泰然自若地上東京去找他。

在東京郊外省縣電車的荻窪車站下車後，從北口約走二十分鐘，就可以到達他戰後的新居，這是我從直治口中獲悉的。

那一天吹著強勁的寒風，在荻窪車站下車時，天色已經昏暗。我攔住一個路人，說了住址請他指點方向。將近一個小時我仍然徘徊在暗黑的郊外小巷裡，最後因焦躁不安不由得落下淚來。這時我被路上的小石子絆了一跤，木屐帶應聲而斷，我呆若木雞不知所措，忽然發現右方有兩戶人家合住的簡陋房子，其中一家的門牌雖然在黑暗中也隱隱約約泛著白光，上面似乎寫著上原。

我一腳木履、一腳布襪一顛一跛的走到那家的門口。仔細一看，的確寫著「上原二郎」，不過屋內一片漆黑。

怎麼辦呢？霎時我楞在原地無法動彈。最後以壯士斷腕的心情，緊緊挨近玄關的格子門，彷彿要將它推開。

「對不起！有人在家嗎？」

我呼喚著，雙手摸著格子門。

「上原先生！」

又輕聲叫喚。

有人應聲，然而那是女人的聲音。

玄關的門從裡面打開，一個有張細長的臉、全身散發出古典氣息的女人探出身來。她大約比我年長三四歲，在玄關的陰影中微微一笑。

「妳是哪一位？」

詢問的語氣裡並無惡意或含有戒心。

「對不起！嗯……」

我不敢說出自己的姓名。只有在這個女人的面前，我的愛情竟莫名其妙地讓我感到內疚。我戰戰兢兢、近乎卑屈地說：「上原先生不在嗎？」

「是啊。」她回答，然後同情似地看著我。「不過，他大概是去……」

「很遠嗎？」

「不是。」

她似乎覺得很可笑，一隻手掩住嘴。

「在荻窪。車站前有一家叫白石的小吃店，我想妳到那裡大概就會知道他的行蹤了。」

我高興地說：「好的，我知道了。」

「哦！妳的木履？」

承蒙她的好意，我進入玄關內，坐在玄關的台階上，上原太太給了我一條輕便的皮繩，輕易地修好我的木屐，其間上原太太點了一根蠟燭拿到玄關。

「很不湊巧，家裡兩個燈泡都壞了。最近燈泡既貴又不耐用，眞糟糕。要是外子在的話，就可以叫他去買，偏偏他從前天晚上就沒有回家。我們身無分文，三天來天一暗就睡了。」

她不以爲意地笑著說。她的背後站著一個身材瘦削的女孩，年紀大約十二、三歲，眼睛大大的，一副不易和人親近的樣子。

敵人！雖然我沒有這種想法，可是總有一天這位太太和女兒必定會敵視、憎恨我的。一思及此，瞬間我的愛情似乎清醒了。我趕緊換好木屐的帶子，站起來，拍拍手，然後拂去手上的灰塵。一股寂寞淒涼之感頓時湧上心頭，我幾乎忍不住想跑進臥室，在黑暗中抓住上原太太的手臂，盡情地大哭一場。我激動得全身發抖，突然考慮到之後自己佯裝不知、不成體統的身影頓覺厭煩。

「非常謝謝妳。」

我非常有禮貌地致謝後，就走出去。

寒風拂面，開始戰鬥！愛他、喜歡他、戀慕他。我是眞的愛他、喜歡他、戀慕他到無法自拔。因爲喜歡他，我莫可奈何，因爲戀慕他，我不由自主。

他太太的確是個少見的好女人，女兒又是那麼漂亮，可是，即使站在上帝的審判台上，我也絲毫不覺得內疚，因爲人是爲愛情和革命而誕生的。上帝應該不會懲罰我的，我問心無愧。因爲我是眞心愛他，所以泰然自若。爲了能見他一面，縱使兩、三個晚上必須露宿街頭，我也在所不惜。

很快就找到車站前面的那家白石小吃店，可是他不在那裡。

「一定是在阿佐谷。妳從阿佐谷車站的北口往前走，差不多走一百五十公尺，有一家五金行，然後向右拐，大約再走五十公尺，有一家叫做柳屋的小飯館，上原先生最近和柳屋的阿棄小姐打得火熱，天天待在那裡不走。」

我連忙趕去車站，買了車票，換搭往東京的省線電車，在阿佐谷下車，從北口約走了一百五十公尺，從那家五金行右轉後約走了五十公尺，來到柳屋時，那裡卻已鴉雀無聲。

「剛剛才走。一大票人說還要到西荻的千鳥去喝個通宵呢！」

一個比我年輕、穩健、高尚而親切的小姐這麼說，她大概就是和上原如膠似漆的的阿棄吧！

「千鳥？在西荻的哪一帶呢？」

我沮喪到幾乎要落淚，突然我懷疑自己是不是已經瘋了。

「我不太清楚。不過，我知道要在西荻車站下車，好像從南口拐向左邊那一帶。總之，妳問問警察局就知道了。他們通常喝一家還不過癮，到千鳥之前，說不定又到別處去了呢！」

「我去千鳥看看。再見！」

我又循原路回去，從阿佐谷坐往立川的省線，經過荻窪、西荻窪，走出車站的南口。在寒風中徘徊，找到警察局，詢問了千鳥的方向。我按照他們所說的路線，在夜路上奔跑，終於發現了千鳥的藍色燈籠，於是毫不猶豫地推開門。

先是有個泥巴地的房間，接著就是六個榻榻米大小的房間，裡面煙霧瀰漫。約有十個人左右圍著屋內的一張大桌子，嘻嘻哈哈地喝酒。其中還夾雜著三個比我年輕的小姐，也跟著眾人一起吸煙和喝酒。

我站在泥巴地房間環視周遭，發現他了，有種恍如做夢的感覺。他變了，六年不見，判若兩人。

這個人就是我的彩虹，M．C，讓我有生存意義的人嗎？六年了，蓬頭散髮雖如往昔，卻已變成稀疏的紅褐色。臉色蠟黃，眼圈浮腫，前排牙齒脫落，嘴巴不停地嚼動著，宛如一隻老猴子拱背坐在房間的角落。

一位小姐盤問我，然後對上原先生使個眼色告知我的到來。他依然坐著，伸長脖子瞧著我，面無表情地頷首示意我上去坐。在座的人依然繼續喧嘩，顯然沒有人注意到我。雖然如此，他們還是彼此挨近了些，在上原先生的右邊挪出一個空位給我。

我默默地坐下。上原先生在我的玻璃杯裡倒滿一杯酒，之後也爲自己倒了一大杯，然後以嘶啞的聲音低聲說：「乾杯！」

兩個酒杯無力地碰撞，發出一聲悲鳴。

斷頭台！斷頭台！咻咻咻！不知是誰先唱了起來，另外一個也跟著響應：斷頭台！斷頭台！咻咻咻！在高昂響亮的乾杯聲中，大家一飲而盡。斷頭台！斷頭台！咻咻咻！這首胡謅的歌不斷地此起彼落，大家更盡興地乾杯，似乎要藉這種荒唐的節奏來助興，硬把酒灌進喉嚨。

「那麼，對不起了。」

本以爲有人步履踉蹌要回去了，原來又有一個新客人搖搖晃晃的走進來。他朝上原先生稍微點頭示意後，就擠出一個位子坐下。

「上原先生！那一段……上原先生！那一段啊——的地方，到底該怎麼說才好？是啊、啊、啊，還是啊——啊呢？」

探身詢問的人是我對他的扮相的確很眼熟的話劇演員藤田。

「是啊——啊！千鳥的酒不便宜啊，要有像這樣的味道。」

上原先生這麼回答。

「你就只知道錢的事。」一位小姐說。

「兩隻麻雀一分錢，貴呢？還是便宜？」年輕的紳士說。

「聖經上有句話說：你必須償還最後一分錢。還有個非常複雜的比喻，五泰倫（古代希伯來的貨幣名稱）還給某人，兩泰倫還給某人，一泰倫還給某人。唉！基督也拿著鐵算盤算帳呢！」另外一個紳士說。

「那傢伙也是個酒徒。眞好笑。聖經上關於酒的比喻也不少。聖經上就有這麼一句：『注意！嗜酒如命的人們！』不過，祂責備的不是酒徒，而是酒鬼。可見祂酒量也相當好，一升大概沒問題。」又一個紳士這麼說。

「別說了！你們都畏懼道德，就把耶穌抬出來做擋箭牌。千惠！來，乾一杯！斷頭台！斷頭台！咻咻咻！」

上原先生說著，和最年輕漂亮的那個小姐舉杯用力一碰，然後一飲而盡。酒沿著嘴角流下來，沾溼了下巴，他氣急敗壞似的用手掌隨便一抹，然後連續打了五、六個大噴嚏。

我悄悄地站起來，走到隔壁的房間，向一個蒼白消瘦、似乎疾病纏身的老闆娘詢問洗手間的方向。

等我從洗手間折回房間時，剛才那位最年輕漂亮、叫做千惠的小姐就站在那裡，彷彿在等我似的。

「妳不餓嗎？」

她露出親切的笑容問我。

「哦！我帶了麵包。」

「沒有什麼好招待的。」帶著病容的老闆娘慵懶地斜靠在附抽屜的長形火盆旁邊說：「妳就在這個房間吃飯吧！和那些酒鬼在一起的話，整晚都別想吃點東西。請坐在這裡！千惠，妳也來吧！」

「喂！阿絹小姐！沒酒了！」

隔壁的一個紳士嚷著。

「好！來了！」

那個叫什麼阿絹來著的女服務生大約三十歲左右，穿著一件有條紋的漂亮和服，捧著放有十壺酒的端盤從廚房出現。

「等一下。」

老闆娘叫住她。

「這裡也來兩瓶。」然後笑著說：「阿絹！麻煩妳到後面的巷子裡叫兩碗烏龍麵，拜託老闆動作快點。」

我和千惠並肩坐在火盆邊烤火。

「把手伸到棉被裡吧！天氣很冷。要不要喝點酒？」

老闆娘把酒壺的酒倒在自己的茶杯裡，然後又把酒倒進另外兩個杯子裡。

我們三個人默默地喝著。

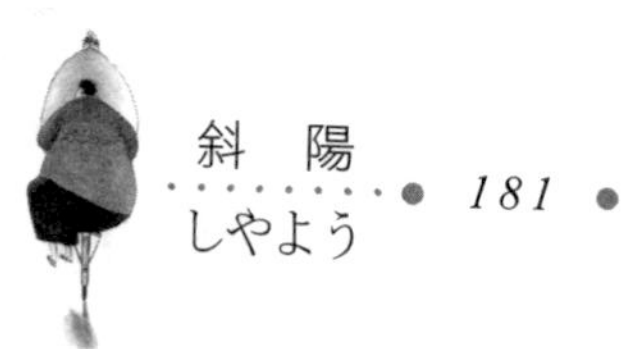

「大家的酒量都不錯嘛。」

不知道爲什麼，老闆娘以心平氣和的口吻說著。

這時，傳來打開店門的聲音。

「上原先生！我送錢來了。」

一個年輕男人的聲音。

「我們的社長很會精打細算呢。我堅持要兩萬圓，結果，好不容易才拿到一萬圓。」

「是支票嗎？」

上原先生嘶啞的聲音問道。

「不！是現金。對不起！」

「啊，好吧！我寫收據給你。」

這時，「斷頭台！斷頭台！咻咻咻！」的乾杯歌依然繞耳不絕。

「阿直先生呢？」

老闆娘一臉正經地問千惠，我不禁嚇了一跳。

「不知道！我又不是專門看管他的人。」

千惠驚惶失措，滿臉通紅，顯得很可愛。

「最近是不是和上原先生發生什麼不愉快的事情？他們以前常在一起呢。」

老闆娘冷靜地問。

「聽說他最近迷上跳舞，好像還交上了一個舞女。」

「說到阿直，除了喝酒，又交女人，眞是糟糕。」

「還不是上原先生調教出來的。」

「不過，阿直自己也是沒有節制。那種大少爺學壞了……」

「對不起！」我微笑地插嘴，再不出聲反而對她們兩位很失禮。「我是直治的姊姊。」

老闆娘似乎很驚訝，重新打量我的臉孔。

千惠小姐不動聲色地說：「容貌很相像。剛才妳站在門檻的陰影中，我嚇了一跳，還以爲是阿直呢。」

「原來如此。」老闆娘改變語氣說：「讓妳到這麼簡陋的地方，眞是……。那麼，妳和上原先生以前就……」

「嗯，我們六年前就見過面了……」

我說不下去了，不由得低頭，眼淚幾乎要奪眶而出。

「讓妳們久等了。」

女服務生把麵端進來。

「趁熱吃吧！」

老闆娘好意地勸著。

「謝謝！」

我的臉鑽進麵湯冒出來的煙霧裡，很快地吸起麵條。現在我才眞正感受到生活有多麼寂寞。

斷頭台！斷頭台！咻咻咻！斷頭台！斷頭台！咻咻咻！上原先生低聲哼著歌走進我們的房間。轟一聲盤腿坐在我的身旁，然後一言不發地拿出一個大信封交給老闆娘。

老闆娘看也不看信封的內容，就收進火盆的抽屜裡，然後笑著說。

「只有這些嗎？剩下的可不准打馬虎眼。」

「我會送來的。剩下的帳，明年吧！」

「您總是說這種話。」

一萬圓！有了這筆錢可以買多少燈泡呢？換是我，有了這筆錢就能舒舒服服地過一年了。

啊！這些人是不是哪裡不對勁了。也許和我戀愛的情形一樣，他們若不過這種生活便無法活下去吧！如果說，人一旦呱呱落地，無論如何都必須掙扎活下去的話，或許這些人掙扎求存的身影也不應該被藐視吧！生存是多麼難受、令人無法喘息的大事業啊！

「總之……」隔壁房間的紳士說道。「今後要在東京生活，若無法泰然自若地對別人說出午安等輕薄的招呼語是不行的。要求今日的我們須具備忠厚啦、誠實啦之類的美德，無異是拉上吊者的腳嘛！忠厚？老實？呸！能當飯吃嗎？除非你能輕鬆自然地說一聲午安，否則只有三條路可走。一是種田，一是自殺，另一條就是當小白臉靠女人吃軟飯。」

「三條路都走不通的人，至少還有最後唯一的手段。」另一個紳士說：「圍繞著上原二郎，喝個痛快！」

斷頭台！斷頭台！咻咻咻！斷頭台！斷頭台！咻咻咻！

「今晚沒有地方住吧？」

上原先生宛如自言自語低聲說。

「我？」

我意識到自己像豎起頭來的蛇，幾近敵意的感情使我全身僵硬。

「妳可以和大家擠在一個房間睡嗎？今天很冷呢！」

上原先生不介意我在生氣，這麼嘟囔著。

「不可能的。」老闆娘插嘴說道。「太難爲她了。」

啐——上原先生露出厭煩的表情。

「既然如此，就不要來這種地方。」

我默不作聲。從他說話的口氣，我很快就察覺到，他的確看過我的信，而且比誰都愛我。

「沒有辦法，不然就到福井那裡打擾一下好了。千惠！拜託妳幫個忙帶她去。不，只有女人，路上會很危險。眞麻煩。老闆娘！請妳把她的木屐偷偷地拿到廚房放著，還是由我送她去吧。」

外面已是深夜了，風稍微靜了一些，夜空中滿天星光閃爍，我們並肩走著。

「我可以跟大夥兒擠在一起睡。」

上原先生以略帶睡意的聲音回應。

「嗯！」

「您是希望我們兩人單獨在一起吧。不是嗎？」我笑著說。

「就是因爲這樣，所以才會這麼狼狽不堪啊。」

上原先生撇嘴苦笑，我深深體會到他對我的濃濃愛意。

「您喝了不少酒，每晚都喝嗎？」

「是啊。每天！而且從早上開始。」

「酒那麼好喝嗎？」

「難喝死了！」

不知什麼緣故，上原先生的聲音使我不寒而慄。

「您的工作呢？」

「很不順。無論寫什麼，總覺得無聊，而且感到悲哀無奈。什麼生命的黃昏！藝術的黃昏！人類的黃昏！全都是裝模作樣的。」

「尤特里羅！」

我幾乎不自覺地脫口而出。

「啊！尤特里羅！據說他好像不想活了。一個行屍走肉酒精中毒的傢伙，最近十年他的畫都俗不可耐，沒有一張像樣的。」

「不只是尤特里羅，其他畫壇名人也都是……」

「是的！都沒落了。可是新生代也一樣死氣沉沉。霜！Frost！整個世界似乎下著不合時宜的霜。」

上原先生輕輕擁著我的肩，我整個人就被他和服外套的袖子裹住。我

沒有拒絕，反而更貼近他，一起慢慢地走著。

路旁樹木的樹枝光禿禿的，一片葉子也沒有，細長尖銳地刺向夜空。

「樹枝眞美啊！」

我不知不覺地自言自語。

「嗯！花和黝黑樹枝的調和。」

他有點慌張地說。

「不！我喜歡這種無花、無葉、無芽的樹枝。儘管如此，它還是好好地活著吧！和枯枝完全不同。」

「只有自然才不會衰弱嗎？」

說完連打了好幾個大噴嚏。

「是不是感冒了？」

「不！不！不是的！說實在的，這是我的怪癖。一旦酒量到了飽和點，就會這樣噴嚏打個不停，就好像是酒量的測量計。」

「愛情呢？」

「咦？」

「有什麼對象嗎？到達飽和點的對象。」

「唉，別取笑我了。女人嘛，都是一樣的，很麻煩。斷頭台！斷頭台！咻咻咻！說實在的是有一個，不，應該算半個吧。」

「您看過我的信嗎？」

「看了。」

「您的回答呢？」

「我討厭貴族。他們總是傲慢得令人厭惡。就拿妳弟弟來說吧，貴族的他是非常優秀的，可是經常太驕傲了，讓人覺得高不可攀。我是鄉下的農家子弟，每次經過這樣的小溪邊，總會憶起兒時在故鄉的小溪釣鯽魚，或用網撈大眼賊等種種往事，於是心情就會沉重起來。」

我們走在沿著小溪的路上，四周漆黑，水聲潺潺。

「你們貴族不但不了解我們的感傷，甚至還輕蔑我們呢！」

「屠格涅夫呢？」

「那傢伙也是貴族，所以我不喜歡。」

「可是，《獵人日記》……」

「嗯，只有那部作品還算不錯。」

「那是農村生活的感傷……」

「好吧！讓我們這樣妥協，就算他是鄉下的貴族吧！」

「我現在也是鄉下人啊，我還在家裡開墾菜園呢！是道地的鄉下窮人。」

「現在妳還愛我嗎？」他的語氣很粗暴。「還想要有我的孩子嗎？」

我沒有回答。

他的臉突然靠過來，來勢有如岩石崩落。我被粗暴地狂吻，那是種充滿性慾的吻。恰似屈辱、悔恨的淚，不停地從眼眶落下。

我們又繼續並肩走著。

「我敗給妳了！我還是喜歡上妳了。」

他笑著說。

我卻笑不出來。不由得皺眉抿嘴。

莫可奈何！用文字來表達的話，這就是我的感受。我發現自己拖著木履，懶散無力地走著。

「我敗給妳了！」

他又重複了一次。

「我們就這樣繼續交往下去嗎？」

「別再裝模作樣了！」

「妳這個傢伙！」

上原先生用拳頭敲我的肩膀，接著又打了一個大噴嚏。

福井先生的家裡好像每個人都睡了。

「電報！電報！福井先生！有你的電報！」

上原先生大聲嚷嚷，並敲著玄關的門。

「上原嗎？」

屋裡傳來男人的聲音。

「你猜對了。王子和公主來求宿一夜，天冷得我直打噴嚏。費煞苦心的爲愛私奔場面也將變成喜劇了。」

玄關的門從裡面打開了，一個五十出頭、矮小禿頭的男人穿著華麗的睡衣，露出靦腆的笑容迎接我們。

「拜託了！」

上原先生說了這麼一句話後，斗篷也不脫就快步走進屋內。

「畫室太冷，不行，我要借二樓，來吧！」

他抓著我的手穿過走廊，爬上走廊盡頭的樓梯，走進漆暗的房間，然後按了房間角落的開關。

「佈置得有點像餐廳。」

「嗯！正是暴發戶的品味。不過對這種三流的畫家來說，實在糟蹋了。厄運當頭，落難也莫可奈何啊！這種人不妨多加利用吧！來！睡吧！睡吧！」

他好像在自己家裡似的，隨意打開壁櫥，拿出棉被舖床。

邊。」

「妳就睡這裡吧！我要回去了。明天來接妳！廁所就在走下樓梯的右邊。」

他劈哩啪啦好像從樓梯滾下來似地下樓去了，周遭又歸於一片寧靜。

我按了開關，熄了燈，脫下父親以前從外國買回來送我的布料做成的天鵝絨外套，然後只解開腰帶，就穿著和服躺下。由於疲憊至極再加上酒意，全身鬆軟無力，很快就進入夢鄉。

不知什麼時候他睡到我身旁……將近一個小時，我極力無言地抵抗。忽然間我因同情他而讓步了。

「不這樣，您不安心吧？」

「大概吧。」

「您身體不好吧？有咯血吧？」

「妳怎麼知道？說實在的，最近咯血很嚴重，我沒有告訴別人。」

「和我母親去世前一樣的味道。」

「所以我才拼死喝酒。雖然活著，不過是充滿悲哀、莫可奈何啊！這不是什麼苦悶啦、寂寞啦那種閒情的情緒，而是眞的悲哀之情。當陰鬱、嘆息從四壁傳來時，應該沒有只屬於我們的幸福吧？一旦自知有生之年不會有幸福和光榮時，人會有什麼樣的心情呢？努力？那種東西只不過變成是餓獸的餌食罷了。悲慘的人太多了，我這麼說，是不是太裝模作樣？」

「不！」

「只有愛情嘛！就如妳信上所說的。」

「是嗎？」

我的愛意消失了。

屋內漸明，我仔細凝視躺在我身旁的那張睡臉，幾乎是一張瀕死的臉，疲憊不堪的臉。

犧牲者的臉，高貴的犧牲者。

我的愛人。我的彩虹。我的小孩。可憎的人。狡猾的人。

我認爲這是一張舉世獨一無二、美麗絕倫的的臉。我的愛意再度甦醒，心口有如小鹿亂撞。我不禁撫摸他的頭髮，然後吻了他。

這是我悲愴愛情的成就。

上原先生閉著眼抱我。

「過去我很乖僻，只因爲我是個農家子弟。」

我再也離不開他了。

「我現在很幸福。縱然四壁傳來歎息聲，但現在的幸福感已達飽和點。我幸福到快要打噴嚏了。」

上原先生呵呵笑著說。

「然而太遲了，已經是黃昏了。」

「才早上啊！」

這天早上，弟弟直治自殺了。

第7章 埋藏在心底的秘密

我有一個秘密，長久以來一直深藏心中。

如果我絕對守密，不對任何人說，

埋藏在心底而死去，那麼我的遺體火葬之後，

只有胸膛深處會留下惡臭的燒痕。

直治的遺書。

姊姊：

我不行了！我要先走了。

我完全不懂自己爲什麼非活下去不可？

讓希望活下去的人去活吧！

人有生存的權利，同樣的，應該也有死亡的權利。

我的這種想法一點也不新穎。這麼理所當然，而且是原始的想法，別人都莫名其妙地畏懼，不敢直截了當地說出。

希望活下去的人，即使不擇手段，也應該會堅強地活下去，那是很精采的事。所謂人世之榮譽，一定會出現在他們的人生旅途中的。可是，我以爲死也不算罪過。

我不過是一株草，實難以在此塵世的空氣和陽光中求生存。我似乎缺乏繼續求生的某種東西，這是不夠的。

從過去到現在，我已經竭盡心力了。

我進入高中後，開始和那些出身與我不同、似勁草的人交往。爲了避免被他們凶猛的氣勢壓倒，我開始吸食麻藥，在半瘋狂的狀態中抵抗他們。然後我入伍了，在那裡我依然以吸食鴉片作爲生存的最後手段。姊姊！恐怕妳也不了解我的這種心情吧！

我希望變得下流！變得堅強，不，是變得凶暴。我以爲那就是變成人民之友的唯一途徑。光靠喝酒還是不夠，我必須經常處於昏眩狀態，因此，除了麻藥別無他法。我必須忘掉家，必須反抗父親的血統，必須拒絕母親的優雅，而且還必須對姊姊冷淡。我認爲如果不這樣，就得不到進入民衆家裡的入場券。

我變得下流了，學會了下流的詞彙，可是其中的一半，不，百分之六十都是可憐兮兮地拾人牙慧，只不過是不入流的手工藝品。對民衆而言，我依然是個裝模作樣、古怪可笑的男人，他們無法敞開心胸和我相處。事到如今，也無法再回去找曾經被我捨棄的沙龍。

雖然現在我的下流有百分之六十是拾人牙慧，但剩下的百分之四十便是道道地地的下流了。所謂上流沙龍令人生厭的高尚氣質，只會令我作嘔，一刻也無法忍受。而且那些自詡豪門權貴、高官達人者，會驚訝於我這種惡劣的行徑，必然逐之而後快。

不能重回被自己捨棄的世界，而從民衆那裡獲得的卻只是一張過分恭敬、其實是充滿惡意的旁聽席而已。

在任何社會裡，像我這樣生活能力薄弱、殘缺不全的草芥，根本談不上思想，或許自生自滅就是宿命吧！但是，我也有話要辯白，我正面臨令我難以生存的情境。

人都是一樣的。

這種論調也是思想嗎？我認爲創造這句不可思議的話的人，既非宗教家，亦非哲學家，更不是藝術家。這句話出自民間的酒館，有如生蛆似的，不知不覺中也沒有誰說出就不聲不響湧出來，湮沒了全世界，把世界弄得烏煙瘴氣。

這句不可思議的話與民主主義或馬克思主義完全無關。這一定是在酒館的醜男對美男子無的放矢的話。只是一種焦躁、嫉妒的心態，根本談不上是什麼思想不思想的。

然而酒館內爭風吃醋的怒聲，卻莫名其妙戴上思想的面具，在民眾之間漫步。雖然它應該和民主主義及馬克思主義無關，曾幾何時卻與政治思想、經濟思想扯上關係，而以卑劣的面目登場。這種硬把胡說八道扯上思想的把戲，連《浮士德》劇中的惡魔梅菲斯托菲列斯也會覺得愧對良心而猶豫不決吧！

人都是一樣的。

這是多麼卑屈的一句話！輕視別人的同時，也輕視自己。這種論調毫無自尊可言，是要人放棄所有的努力。

馬克思主義主張勞動者至上，並沒說人人都一樣，而民主主義重視個人的尊嚴，也並沒說人人都是一樣的。只有妓院的龜公才會如此說：「無論你怎麼裝腔作勢，還不都是同樣的人？」

爲什麼說是一樣呢？爲什麼不說優秀呢？

那是奴隸劣根性的復仇。

事實上這句話很猥褻，令人毛骨悚然。人們彼此畏懼，所有的思想被強姦，努力被嘲笑，幸福被否定，美貌被玷辱，光榮被蹂躪。所謂「世紀的不安」都是從不可思議的這句話衍生出來的。

雖然明知這句話可厭，我還是受它威脅，恐懼到全身發抖、提心吊膽，彷彿無地安身。最後乾脆藉著喝酒和吸食麻藥，祈求短暫的寧靜，結果一切都走樣了。

我的確很懦弱，是一株有重大缺陷的草芥。或許那些閒人會嘲笑我，說什麼我的理由太多啦，其實天生是貪玩、懶惰、好色、自私任性的紈褲子弟！以前我聽到這種話，總是害羞地、曖昧地默認。如今臨死之前，我想說句話以示抗議。

姊姊！請相信我！

我雖然縱情玩樂，卻一點也不快樂，也許我對快樂無能。我狂歡、放蕩、頹廢，只不過是爲了擺脫如影隨形的貴族氣息。

姊姊！

我們到底有什麼罪過呢？生爲貴族難道就是我們的罪過嗎？只因爲生長在這種家庭，我們便要像是猶大的眷屬（意指為猶大之流）那樣，永遠懷著恐懼、贖罪的心情，羞愧地苟活嗎？

我應該更早點死的，但唯一令我牽腸掛肚的是媽媽的愛，思及此，我怎麼也無法結束生命。人有自由生存的權利，同樣也有隨時結束生命的權利，然而媽媽在世的一天，我就得保留赴死的權利，否則我同時也謀殺了媽媽。

現在即使我死了，也沒有人會悲傷到傷害身體。

不！姊姊！我知道我的死將帶給妳怎樣的悲傷。不過，省下那虛飾的感傷吧！當你們獲知我的死訊時，一定會痛哭的，可是你們試想我活著時的痛苦，以及我從可憎的生命中完全解脫時的喜悅，你們的悲傷將會逐漸消失的。

指責我自殺的人，大概會說好死不如歹活。這句話光是掛在口頭上說說，對我著實沒有一點幫助。而得意洋洋批評我的人，恐怕就是那一類平心靜氣勸天皇陛下去開水果店的大人物。

姊姊！

我還是死了好。我沒有所謂的生活能力，也沒有力量和他人爭奪金錢，甚至無法向他人敲竹槓。和上原先生一起去玩，我也是自己的帳自己付。上原先生認為這是貴族的廉價自尊，非常厭惡，但是，我並非是為了自尊才付帳的，只是無法心安理得看他把辛苦工作賺來的錢，花在無謂的吃喝和抱女人上。

我總是隨口說是尊敬上原先生的工作，當然那是謊言，其實我自己也不太清楚為何這麼做。不知為什麼，接受別人的招待，總會使我感到侷促不安。尤其是對方拿血汗錢請客時，更叫我痛苦萬分。

我只好向家裡要錢或搬出東西，惹得媽媽和妳傷心，我自己也並不快樂。出版社等計劃，只不過是掩人耳目的名堂，事實上，我根本就不是認眞的。

當我認眞嘗試時，再怎麼蠢也會發覺，連別人請客也沒有勇氣接受的男人，賺錢這碼事簡直比登天還難。

姊姊！

我們已經貧窮了。以前我總想招待別人，如今不仰賴別人便活不下去了。

姊姊！

在這種情況下，爲什麼我還要活下去呢？我已經沒有希望了，我決定結束生命。我身邊有可以安樂死的藥，那是我在軍中獲得的。

姊姊很美（我總是以母親和姊姊的美麗為傲），人又很聰明，我一點也不擔心姊姊的未來，其實我根本沒有資格擔心。猶如貓哭耗子，這麼說只會使我臉紅。我認爲姊姊一定會結婚，生兒育女，然後依靠丈夫活下去。

姊姊！

我有一個秘密。

長久以來一直深藏心中。在戰場上，我朝思夢想的都是她的倩影，幾度夢醒時分總是忍不住哭了。

我始終沒有把她的名字告訴任何人。現在我要死了，至少想把這個秘密明白地告訴妳。然而，我還是惶恐不安，無法說出她的名字。

如果我絕對守密，不對任何人說，埋藏在心底而死去，那麼我的遺體火葬之後，只有胸膛深處會留下惡臭的燒痕。焦慮不安之餘，以拐彎抹角、隱隱約約、如小說的虛構方式來告訴姊姊一個人。雖說是虛構，但姊姊一定馬上就會猜想到對方是誰，因爲所謂虛構只不過是用假名來掩飾罷了。

姊姊！妳知道她嗎？

姊姊應該知道有這麼一個人，不過或許沒見過面吧。她比姊姊年長，單眼皮、眼角上翹，從來沒有燙過頭髮，經常梳個老式保守的垂髻。她的衣服雖然很寒酸，並不會令人覺得邋遢，始終一副整齊、乾淨的模樣。

她是一位中年畫家的太太，這位畫家在戰後陸續發表新潮派筆觸的西洋畫，因而一舉成名。畫家的舉止非常粗暴與放蕩，而這個太太則佯裝毫不在意，每天露出溫柔的笑容。

我站了起來。

「那麼我告辭了。」

她也跟著站起來。毫無戒心地走到我的身旁，然後抬頭看著我。

「爲什麼呢？」

她用普通的音量詢問，稍微偏著頭，一副不解似的表情，然後凝視我的眼睛一會兒。

她的眼睛不帶絲毫的邪念與虛僞，平常我和女人的視線相遇，便會馬上驚慌地躲開，只有那一次，沒有絲毫害羞的感覺。

我們的臉僅隔一尺左右，我以非常愉悅的心情約莫凝視她的眼睛六十秒，或許更久。然後我笑著說：「可是……」

「他馬上就會回來了。」

她依然一本正經地說。

忽然間我覺得所謂的正直不就是這種表情嗎？這個字眼原本所表達的美德，絕不是修身教科書裡那種刻板、嚴肅的道德，而是這種可愛動人的感覺。

「我會再來。」

「是嗎？」

從頭到尾都是毫無意義的對話。一個夏日午后，我去公寓拜訪那位畫家，畫家不在，他太太說他很快就會回來，請我在家裡等他。我聽從她的話，進入屋內，看了半個鐘頭的雜誌，結果他還是沒有回來。於是我站起來，告辭走了，就是這麼一回事。然而從那一天那一刻起，她的眼神使我墜入了痛苦的戀愛深淵。

或許可以用高貴來形容她吧？我敢斷言，在我周遭的貴族中，除了媽媽，沒有人擁有那種不含戒心、正直的眼神。

另外一次是冬季的某個黃昏，她側面的輪廓深深打動了我的心。當時還是在那個畫家的公寓。那天從早上開始，我就和畫家把腳伸進被爐（架上蓋棉被，供取暖用）內，邊喝酒邊胡亂批評日本所謂的文化人，不時說得捧腹大笑。

不久後畫家倒頭就睡，鼾聲大起。我也躺下來，迷迷糊糊中突然有條毛毯輕輕地蓋在我的身上。

我微微睜開眼睛，東京冬季的黃昏天空清澈如水，畫家的太太抱著女兒無所事事地坐在公寓的窗邊。她端正的側臉，在遠方清澈晚空的襯托下，彷彿文藝復興時代的肖像畫，輪廓鮮明地浮現。

她輕輕爲我蓋上毛毯的親切，不帶任何輕佻和邪念。「人性」這個詞只有在流露出來的瞬間才賦予眞義。如果那種寂寞的體貼是一種理所當然的人性，她幾乎已無意識地流露出來了。她凝視著遠方，沉浸在那分寂靜有如繪畫世界的氣氛中。

我不由得閉上眼睛，一股愛意瘋狂地襲捲了我，淚珠奪眶而出，我趕緊拉起毛毯，把頭蒙起來。

姊姊！

我之所以會去拜訪那位畫家，起初是沉醉於他作品中獨特的畫法，以及其所蘊含宛如基督殉難般的那股狂熱激情。但交往越久，他的缺乏教養、荒唐、卑鄙終於使我覺醒，反之，卻為他太太心靈的純潔美麗所吸引。不，如同眞正戀愛的人，我非常地愛她、思慕她，我是為了看她一眼才去他家的。

如果那位畫家的作品裡，多少反映出一點藝術的高貴氣質，我甚至認為那是他太太優美心靈的反射。

現在我要坦白地說出我對那位畫家的感受。他只不過是一個喜好杯中物、貪玩成性、投機的商人罷了。

為了賺取縱情享受的金錢，他胡亂地在畫布上塗抹，迎合流行的風尚，故意自抬身價，以便高價賣出作品。其實他所擁有的無非是鄉下人的無恥、愚蠢的自信，以及狡猾的商業手腕而已。

恐怕他對別人的作品，不論是外國或日本都一無所知，甚至對他自己所畫的畫也完全不懂吧，只為了賺取享樂的金錢，拚命在畫布上塗抹。

更令人吃驚的是，他對自己荒唐的行徑，並沒有絲毫的懷疑、羞恥或恐懼。

他自得意滿。反正他也不懂自己畫的畫，遑論別人的作品了，我無論怎麼批評他也批評不完。

他口頭上雖然一再傾訴自己頹廢的生活有多麼痛苦，其實他終究只不過是個愚蠢的鄉下人，來到憧憬已久的都市，意外地獲得成功，於是得意忘形、耽迷於吃喝玩樂。

不知什麼時候我曾說過：「當所有的朋友都在偷懶嬉戲時，只有自己一個人在家用功的話，我就會覺得很難爲情，深感不安。即使不想玩，還是會和大家一起出去玩。」

聽我這麼一說，中年畫家便開口說：「哦？這就是你們的貴族氣質嗎？眞噁心。我看到別人在玩，就會覺得自己不玩眞是吃虧，於是就大玩特玩一番。」

他毫不在乎地回答，那時我打從心底輕蔑他。這個人對放蕩的生活從

不苦惱，反而以這種毫無意義的放蕩生活爲傲。根本上他是一個徹頭徹尾的浪蕩子。

無論我如何繼續批評這個畫家，也和姊姊無關。現在我就要死了，回想長久以來和他交往的種種情形，實在令人懷念。我甚至有一股衝動，想再去見他，和他再一次去縱情享樂。我並不憎恨他，何況他是一個寂寞，而且有很多優點的人。

我不想再說他了。

我只想讓姊姊知道，我是多麼地愛他的太太，爲她徬徨而痛苦不已。因此，姊姊雖然知道了這件事，也不要告訴別人，絕對不要畫蛇添足地多管閒事，企圖完成弟弟生前的願望什麼的。我只希望姊姊一個人知道，然後在心裡悄悄地說「原來如此」，這樣就夠了。如果我還有什麼奢求，那就是從我這番羞愧的自白中，至少可以讓一個人——姊姊更加了解以往我生命中所承受的痛苦，那我就很高興了。

有一次我夢見和那位太太手牽著手，她告訴我老早就喜歡我了。夢醒的時候，我的手心還殘留著她手指的餘溫。光是這樣我就已經心滿意足了，也該看開了。我畏懼的不是道德，而是那位陷入半瘋狂狀態，不，幾乎可說是狂人的畫家。我下定決心要斬斷這分情絲，爲了把心中的那把火引到別處，幾乎已到飢不擇食般與各種女人狂歡。某晚就連那位畫家也忍不住皺眉搖頭。

我想要擺脫那位太太的幻影，忘掉她，忘掉一切。可是我最後還是失敗了。歸根究底，我是個只能愛一個女人的男人。我可以肯定地說，除了這位太太，我從來就不覺得其他的女人有多漂亮或惹人憐愛。

姊姊！在我死以前，讓我寫一次：

清

那位太太的名字。

昨日我帶了一個絲毫不喜歡的舞女（一個天生愚蠢的女人）回到山莊。我並不是爲了想在今天早上尋死才帶她來的，雖然我本來就打算在最近結束生命，昨天帶她來是因爲她要求我帶她去旅行。而我也厭倦了東京的生活，心想和這個蠢女人到山莊來住兩三天也不壞。雖然對姊姊有些抱歉，還是帶她來了。結果姊姊說要到東京找朋友，那時腦海忽然閃過要死就趁現在的念頭。

我早就想死在西片町老家、我的房間裡。我不願意死在街上或荒郊野外，讓屍體被看熱鬧的人隨意翻動，可是西片町的老家已經賣給別人了，眼前除了死在這座山莊別無他法。不過，一想到發現我自殺的人是姊姊，而姊姊又將何等驚愕與害怕啊，心情便覺沉重、不忍選擇和姊姊兩人在家的夜晚自殺。

這是一個好機會。姊姊不在，而一個神經頗爲遲鈍的舞女將成爲我自殺的發現者。

昨晚我們兩人喝了酒，我安排她睡在二樓的西式房間。我一個人來到媽媽去世的樓下房間，舖好棉被，開始寫這封悲慘的遺書。

姊姊！我已經沒有希望了。再見！

追根究底，我的死是自然死，因爲人類只要有思想才不算死亡。

我還有一個難爲情的請求。媽媽的遺物中有一件麻質的和服吧！姊姊曾經修改要讓我明年穿，請把那件和服放入我的棺內，我想穿那件衣服。

夜盡天明，長久以來讓妳受累了。

再見！

昨夜的酒醉已完全醒了，我要在清醒的狀態下離開人世。

再說一次再見！

姊姊！

我是貴族！

第8章 孤獨中微笑的泉源

第一回合戰鬥中我已稍微戰勝舊道德，

今後我要與我的孩子繼續迎接第二回合、第三回合的戰鬥。

我們將永遠和舊道德抗衡，就像太陽那樣活下去。

夢！

一切都已離我遠去。

辦完直治的後事，之後的一個月間，我獨自住在冬季的山莊裡。

我以淡如水的心情寫信給他，這可能也是我給他的最後一封信。

您大概也拋棄我了，不，是漸漸把我遺忘了。

然而我感到很幸福，因爲我已如願以償懷孕了。雖然我覺得彷彿失去了一切，但肚子裡的小生命，將是我孤獨中微笑的泉源。

無論如何我都不認爲這是污穢的失策。爲什麼世界有戰爭、和平、貿易、工會、政治等？最近我也恍然大悟了。您大概還不曉得吧？就是因爲這樣，您才始終不幸。讓我來告訴您吧！那是因爲女人生了一個好孩子的緣故。

打從一開始，我就不曾期待您的人格或責任問題，我只在乎我全力以赴的愛情冒險能否成功。如今得償宿願，我的心湖也平靜如森林中的沼澤。

我認爲我贏了。

瑪麗亞雖然生下不是自己丈夫的孩子，只要她覺得榮耀，他們便是聖母與聖子。

我坦然漠視舊道德，只要有個好孩子便心滿意足了。

您還是和我們最後一次相見那樣，唱著：「斷頭台！斷頭台！咻咻咻！」和紳士小姐們飲酒作樂，繼續過著頹廢的生活吧？不過，我並不想勸您停止那種生活，也許那是您最後的鬥爭形式。

戒酒吧！把病治好！潛修養生之道！好好做一番事業！我已經不想再說這種虛僞的話。與其說做一番事業，倒不如抱著在所不惜的心情，繼續過著惡德的生活，也許反而會受到後人敬佩。

犧牲者！道德過渡期的犧牲者！你我都是吧。

革命究竟發生於何處？至少在我們的周遭，舊有道德依然如昔，攔住我們的去路。不管海面波濤如何洶湧，但是其底下的海水，遑論革命了，就像狸假寐隨意趴下，始終不動。

我一直認爲在過去的第一回合戰鬥中我已稍微戰勝舊道德，。今後我要與我的孩子繼續迎接第二回合、第三回合的戰鬥。

生育、撫養愛人的孩子，就是完成我的道德革命。

縱使您已忘了我，或是因酒喪命，爲了完成我的革命，我都會堅強地活下去。

最近我從某人處得知許多您人格上醜陋的一面。但是，使我如此堅強的是您，在我心中掛上革命彩虹的是您，給與我生活目標的也是您。

我以您爲榮，而且我也會教孩子以您爲榮。

私生子和他的母親，我們將永遠和舊道德抗衡，就像太陽那樣活下去。

怎麼樣？您也繼續奮鬥吧！

革命根本尚未進行呢！更多，更多捨不得、寶貴的犧牲是必要的。

在此塵世中，最美的是犧牲者。

還有一位渺小的犧牲者呢！

上原先生！

您允許。

我已經不想再要求您了。然而，爲了那位渺小的犧牲者，有一件事請

讓您的太太抱一下我生的孩子，只要一次就夠了。那時請允許我這麼說：「這是直治和一個女人生的私生子。」

爲什麼我要這麼做呢？這一點我不能跟任何人說明。不！連我也不知道何以要提出這種要求，但我非這麼做不可。爲了直治那個渺小的犧牲者，無論如何都請您要答應我。

您一定不愉快吧？縱使不愉快也請您忍耐。這是一個被遺棄、被遺忘的女人唯一的小小懇求，請您無論如何都要成全我的心願。

M·C，我的喜劇作家。

昭和二十二年二月七日（一九四七年二月七日）

【附　錄】

回　憶

秋天的天空一片蔚藍。

二、三隻長足胡蜂嗡嗡的飛著。

朝陽穿過棚頂的葡萄葉及四周的葦簾，

照進來，一片光亮，御代的身上也透著微微的綠光。

一

黃昏，我和叔母並肩站在門口。叔母似乎揹著某人，身上穿著揹嬰兒用厚棉套衣。我忘不了當時微暗街道上的靜謐。叔母告訴我，天使歸隱了，還特別解釋是活天使。我也好奇的小聲唸著：活天使。接著，我似乎又說了些不敬的言詞。叔母便斥責我，叫我不可以說那種話，要說歸隱了。我明知道歸隱至何處，卻故意問究竟藏到哪裡，逗叔母發笑。我想起這段往事。

我是在明治四十二年的夏天出生。天皇駕崩時，我虛歲剛好四歲多一點。我想大約就在同一時間吧！我和叔母兩人前往離我住的村子大約二里遠某村的親戚家，在那裡我看到了一個令我永生難忘的瀑布。

瀑布位於村莊附近的山中。寬廣的瀑布白花花的從長滿青苔的山崖瀉流而下。我坐在陌生男子的肩上，遠眺。旁邊有一座不知名的神社，那名男子帶著我看神社內的各種繪馬匾額，但我卻漸覺空虛起來，哭著喊：姆姆！姆姆！

我總是叫叔母爲姆姆。當時叔母正和親戚們在遠方的窪地，鋪著地毯喧鬧著，一聽見我的哭聲，連忙站起來，不料卻被地毯絆住腳，有如行大禮般身體搖搖晃晃的。其他人見狀，卻大聲對著叔母鼓譟說；醉了！醉了！我遠遠的俯視這一切，不甘心的扯開喉嚨，不斷哭喊。

又有一天夜裡，我夢見叔母拋下我，離家。叔母的胸脯塞滿整個大門旁的小門。一粒粒的汗珠從脹大的紅色胸脯滴下。叔母粗野的發牢騷說：「你眞惹人厭！」我將臉頰貼在她的乳房上，淚流滿面不斷的拜託她不要走。當叔母將我搖醒時，我在床上依然將臉貼向叔母的胸脯，哭泣著。即使眼睛睜開後，我依然很悲傷，啜泣許久。不過，我並沒有告訴叔母或其他人有關這個夢的事。

對叔母我有許許多多的追憶，可是對於當時的父母，記憶卻完全空白。生在擁有曾祖母、祖母、父親、母親、三個哥哥、一個姊姊、一個弟弟、再加上叔母和叔母的四個女兒，如此大家族裡，除了叔母以外，有關

其他人的事，在我五六歲以前，可說幾乎無絲毫記憶。

偌大的後院，從前種有五六棵高大的蘋果樹，在灰濛濛的陰天，有許多女子攀爬而上的情景，以及在這個院子一隅的菊花圃，每當下雨時，就會看到眾多女子合撐著傘，聚集在菊花盛開的地方，這些情景皆隱約浮現在我的記憶中。不過，那些女子說不定正是我姊姊或堂姊們。

六七歲之後，記憶也變清晰了。一位名喚阿竹的女子負責教我讀書，兩人一起讀了許多書。阿竹對我的教育十分熱衷。由於我體弱多病，所以總是躺在床上，儘管如此，在床上我還是讀了很多書。書讀完了，阿竹便會到村中的主日學校借來許多兒童讀物給我讀。我默讀著每一本書，讀再多也不覺得累。

阿竹另外又教我有關道德方面的事，經常帶我上寺廟，叫我看畫有天堂與地獄的畫，並且一一講解給我聽。

放火的人就必須揹著烈火燃燒中的籠子，納妾的人則會被雙頭青蛇纏住身體，纏得喘不過氣。血池、針山以及白色煙霧瀰漫且深不見底的無邊地獄和處處可見臉色蒼白、骨瘦如柴的人們，微張著嘴在哭嚎。生前說謊，死後下地獄就會像這樣被拔去舌頭，變成鬼。我一聽到這些事，嚇得哭出來。

這間寺廟的後方是一處微微高起的墓地。沿著大概是棣堂花所圍成的籬笆，有許多塔形木牌如樹林般聳立。塔形木牌上有一個如滿月般大，像車輪一樣的黑色鐵輪。阿竹說，如果轉動輪子，不久便停止不動，那麼這個轉動輪子的人日後將會登上極樂世界；如果停了一會兒又反向轉回來的話，那就會下地獄。

阿竹一去轉動它，便發出悅耳的聲音，轉了一會兒，每次都會悄悄的停下來。可是，我一轉動，卻偶爾會再反向轉回來。

我記得是在秋天，有一天我獨自前往寺廟，不論轉動哪個鐵輪，似乎像約定好了一樣，每個都卡啦卡啦的反向轉回來。我不斷壓抑暴躁的情緒，固執的來回不停的轉動數十回。天色漸漸暗下來，我才絕望的離開墓地。

當時父母居住在東京，於是叔母便帶我上東京。據說我在東京還住了頗長一段時日，但我卻沒什麼記憶，只依稀記得經常到東京家中來訪的婆婆的事。我很詩厭這位婆婆，她每次來，我都會哭。雖然婆婆送我一部紅色的玩具郵務車，我卻一點也不感興趣。

不久，我進入家鄉的小學讀書，記憶也隨之改變，阿竹不知何時消失了。她是要嫁往某漁村，大概怕我會在後面追著不讓她走，所以就沒有跟我道別便突然消失了。

大概是第二年的盂蘭盆會時，阿竹曾到家裡來玩，但總覺已生疏許多。她問及我在學校的成績如何，我並沒有回答。好像不知是誰代我回答了，阿竹只說了句；「可別太大意喔！」並沒有特別稱讚我。

在這同時，我也因故不得不和叔母分開。在這之前，由於叔母的次女嫁人，三女不幸身亡，長女招了一位牙醫入贅，所以叔母便帶著長女夫婦及么女分家到遠方的鎮上住，我也跟著一同前去。這是發生在冬天的事，我和叔母一起蹲在雪橇的一隅，在雪橇開始滑行之前，和我年齡最接近的哥哥開始「入贅、入贅」的罵我，並且從雪橇篷外一直戳我的屁股。我咬緊牙關，忍受屈辱。我以為我是要過繼給叔母，然而到了該唸小學時，卻又被送回家了。

進入小學之後的我，再也不是小孩子了。屋後的空地長滿許多雜草，夏季的某一個晴天，就在這片草原上，弟弟的褓姆教我做了一件十分刺激的事。當時我大概只有八歲，褓姆當時大概也只有十四、五歲左右。在我們鄉下管苜蓿叫做「牧草」，那名褓姆打發比我小三歲的弟弟去找四片葉子的牧草來給她，然後抱著我四處滾來滾去。有時候，我們甚至還藏進倉庫中的壁櫥裡，玩起躲貓貓。

弟弟實在很麻煩。獨自被留在壁櫥外的弟弟開始抽噎的哭起來，所以有時候就會被和我年齡最接近的哥哥發現我們的行蹤。當哥哥聽了弟弟所說的話，打開壁櫥的門，這時，褓姆便會鎮定的說：錢掉進壁櫥裡了。

我也經常說謊。大概是小學二年級或三年級時的女兒節，我向老師謊稱家人說今天要擺飾人偶，叫我早點回家，於是我就提早一小時，回家了。回到家，又對家人說：「今天是女兒節，學校放假。」接著又雞婆的幫忙將人偶從箱中取出。

此外，我很喜歡鳥蛋。只要掀開屋瓦，隨時都可以找到許多的麻雀的蛋，可是我就是沒有櫻鳥蛋和烏鴉等其他鳥類的蛋。於是我從同學那裡要來綠得發亮的蛋和有著可笑斑點的蛋，代價是用我五本或十本書和他們交換。收集來的蛋，用棉花包裹著放在書桌的抽屜裡，滿抽屜都是。

小哥哥似乎察覺出我的秘密交易，有天晚上，突然叫我借他西洋童話集和另一本忘了叫什麼的書。我十分憎恨哥哥的壞心眼，因爲我早已將那兩本書全都投資在蛋上，已不在身邊了。哥哥準備在我說找不到書時要好好盤問書的下落，於是我便回答：「應該有，我找找看。」我提著煤油燈，開始在家中四處搜尋。哥哥緊跟著我，還不時笑著說：「不見了吧？」我頑固的堅稱：「有！」甚至還爬上廚房的櫥架上找。哥哥趕緊說：「別找了！好了！」

在學校所寫的作文，簡直可以說全都是胡扯。我很努力將自己塑造成是個老實的乖孩子，因爲如此一來，就會經常獲得大家的讚美。

甚至還剽竊。被老師們誇讚爲當代傑作的那篇〈弟弟的剪影〉，就是我全盤剽竊自某雜誌上的第一名作品。老師還叫我用毛筆謄一遍，並且在展覽會中展出，之後卻被一位很愛讀書的同學發現。當時我還祈求他趕快死掉。

當時另一篇〈秋之夜〉，理所當然也受到所有師長們的讚揚。

這篇文章描寫的是，我因爲讀書讀得頭痛，便走到走廊，眺望庭院，在皎潔的月夜，池中有許多鯉魚和金魚快樂的悠游著，正當我凝望著庭院中靜謐的景色，突然卻從鄰房傳來母親和其他人一陣哄堂大笑，猛一回神，我的頭不痛了。文中所描述的全非事實，有關庭院的描寫部分，是抄襲姊姊們的作文。

因爲首先在我的記憶中，根本沒有用功讀書讀到頭痛這種事發生。我討厭上學，所以從來也不曾讀過學校的課本，讀的淨是些消遣的書。我只要在看書，家人便認爲是在用功。

可是我如果將眞實的事寫在作文上，必定招來惡運。當我寫出不平之鳴，說父母根本不愛我時，就會被訓導老師叫到辦公室叱責一番。有一次的作文題目是「假如發生戰爭的話」，我在文中寫說：「假如發生了比地震、打雷、火災還有父親生氣等更恐怖的戰爭的話，首先要先逃到山裡，逃走時還要叫老師也一起去，因爲老師是人，我也是人，恐懼戰爭的心理全都是一樣的。」

這時，校長和副訓導主任二人全都來向我問話。當被問到爲什麼會這樣寫時，我打馬虎的說：「只是一時好玩而已。」於是副訓導便在筆記上寫下「好奇心」。

接著，我和副訓導開始微微爭辯起來。他問說：「你文中寫說老師也是人，你也是人，難道只要是人就全都一樣嗎？」我忸怩的回答：「我是這樣認爲的。」

我平常就是個不多話的人，所以當他再度問：「可是我和校長同樣都是人，爲什麼薪水卻不一樣呢？」我沉默了片刻。不久，我回答：「那是因爲所做的工作不同吧！」戴著一副金邊眼鏡、臉形瘦長的副訓導，立即將我所說的話記在筆記本上。我歷來就對這位老師頗有好感。接著他又這麼問：「你的父親和我們也都是同樣的人嗎？」我不知道該如何回答，一句話也沒說。

我的父親是個大忙人，幾乎很少待在家裡，即使在家，也不會和小孩子在一起。我很怕父親，我很想要父親的鋼筆，卻一直不敢說，內心十分煩惱。結果，有一天晚上，躺在床上，閉著眼睛，假裝說夢話，故意「鋼筆、鋼筆」的說給在鄰房和客人交談中的父親聽。當然，這些似乎並沒有傳到父親的耳中和心中。

當我和弟弟跑進堆滿米袋的米倉裡，很開心的玩時，父親會岔開雙腿站在門口，怒罵：「小鬼！出去！出去！」由於父親是背面受光，所以他那龐大的身軀變成漆黑一片。現在我只要一想到當時的情景，仍感到十分厭惡。

對於母親，我也不怎麼親近。從小喝奶媽的奶且在叔母懷中長大的

我，直到上小學二、三年級以前，根本不知道什麼是母親。儘管曾叫兩名男僕教導我，可是，某天夜裡，睡在身旁的母親覺得很奇怪，爲什麼我的棉被會動，問我說：「你在做什麼？」我卻十分困惑的回答：「腰痛，在按摩。」母親則睡意甚濃的說：「揉一揉就好，拍打的話會更痛。」我沉默片刻之後，輕撫起腰部。

關於母親的記憶，總是悲涼的居多。我從倉庫取出哥哥的洋服，穿上它，一邊在後院的花圃間漫步，一邊哼唱著我即興編出充滿哀傷曲調的歌曲，眼中充滿淚水。我想以這身裝扮和帳房的學徒一起玩，於是差遣女僕去叫他，可是他卻遲遲未來。我一面用鞋尖摩擦後院的竹籬笆，一面等他，終於等得不耐煩，雙手插在褲袋中，哭了起來。母親發現我在哭，問了聲怎麼了，便脫去我身上的洋服，狠狠的打我的屁股，我心如刀割般感到十分恥辱。

我很早以前就對服裝十分講究。襯衫的袖口，一定要有釦子才行。我喜歡白色法蘭絨的襯衫，襯衫的領子也非白色的不可，甚至連頸部必須露出白領外一分或二分都很注意。

每逢中秋月圓之夜，村中的學生們全都穿著高級服裝到學校來，我每年也都穿著咖啡色粗條紋的眞法蘭絨服裝去，在學校狹窄的走廊中，如女子般婀娜多姿的小步快跑。

我偷偷的打扮，儘量不被人發現。這是因爲我顧慮到家人都說我是兄弟中長得最醜的，假如他們知道我這個醜男做出如此豪華裝扮，必定會被他們嘲笑。我反而表現出對服裝毫不在意的樣子，而且我認爲這樣在某種程度上是成功的，因爲在每個人的眼中，我一定是個既笨拙又俗氣的傢伙。當我和兄弟們一起坐在餐桌前時，祖母和母親也經常一臉認眞的說我長得很醜，我還是覺得很不甘心。

因爲我堅信自己是個不錯的男人，所以有時也會到女僕們的房間，若無其事的問她們，兄弟中誰長得最帥。女僕們大致上都回答說，大哥最帥，再來就是阿治。我不禁臉紅，但仍稍有不滿。事實上，我是希望她們能說我比大哥還帥。

我不僅外表長得醜，還很笨拙，因而頗不討祖母她們喜歡。我拿筷子的方式極笨拙，每次吃飯時，都會引起祖母注目，甚至還被批評說我行禮時屁股往上抬，十分不雅。我被命令坐在祖母面前，一再的練習行禮，不管做了多少回，祖母就是不肯說我做得很好。

祖母對我而言也是十分棘手。村中戲院為慶祝舞台開幕，請來東京的雀三郎戲團時，上演期間我每天都去看。那間戲院是我父親搭建的，所以我隨時都可以免費坐在最好的位子觀看。一下課回來，我立即換上輕鬆的衣服，將一端繫有一枝小鉛筆的細銀鎖吊在腰帶，跑向戲院。這是我有生以來第一次觀看歌舞伎，我十分興奮，在看狂言（以史實、傳說等為主題的戲劇）時甚至還數度落淚。

表演結束後，我集合起弟弟和其他親戚的小孩，搭起戲棚，自己演起戲來。我向來對這類藝文活動頗感興趣，經常將男僕和女僕們集合起來，說故事給他們聽，或放幻燈片及電影給他們看。當時，表演的有「山中鹿之助」、「鳩之家」和「快步走」三大狂言。

「山中鹿之助」描寫的是山中鹿之助在谷河岸邊某家茶店獲得一位名喚早川鮎之助的僕從的故事，這是取自某少年雜誌上的故事，我把它改編成戲劇。拙者乃山中鹿之助是也——如此冗長的詞句，我絞盡腦汁把它改爲歌舞伎所使用的七五調。「鳩之家」是一本我反覆閱讀多遍仍感動落淚的長篇小說，我把其中特別令人垂淚的部分彙整成二幕。「快步走」是雀三郎劇團在最終一幕時，必定會出動所有後台演員來跳的一齣舞蹈，所以我也安排表演它。

練習五、六天，終於到了表演當天，以書庫前寬敞的走廊爲舞台，還做了一個小小的拉幕。準備工作從白天就開始了，拉幕的鐵絲還一度勾到祖母的下顎。祖母爲此還怒斥我們說：「你們是想殺了我嗎？別學那些戲子耍把戲！」

儘管如此，那天晚上仍然聚集了大約十名的男僕與女僕來觀看這場戲。然而，一想到祖母的話，我的心情就相當沉重。我在戲中雖然扮演山中鹿之助和「鳩之家」中的男子角色，也參加「快步走」的舞蹈表演，但卻絲毫提不起勁，心裡冷颼颼的。

在這之後，我偶爾也會演出「牛盜人」、「皿屋敷」和「俊德丸」等戲，可是祖母每次都會說些令人十分掃興的話。

雖然我並不喜歡祖母，但有時在失眠的夜晚，偶爾也會思念祖母。

從小學三、四年級開始，我罹患了失眠症，即使已經是深夜兩、三點，仍然睡不著，經常躺在床上哭泣。儘管家人教我在睡前口中含些砂糖或是數時鐘卡嚓卡嚓的走動聲，或是兩腳泡冷水，或是將合歡樹的葉子放在枕頭下等等入眠的方法，可是卻沒什麼效果。

我是天生的杞人憂天型，對任何事都很吹毛求疵、很介意，所以才會更加睡不著。有一次，我偷偷的把玩父親的眼鏡，一不小心把鏡片打破了，接著幾天晚上我都一直在想這件事，難以成眠。

隔一個院子的鄰家是一間專賣婦女化粧物品的雜貨店，裡面也有出售少許書籍。有一天，我在店裡看婦女雜誌的卷頭插畫。我很喜歡其中一幅畫有黃色美人魚的水彩畫，我非常想要，於是心中暗想：偷吧！接著我靜

靜的把它從雜誌上撕下來。結果，當場被年輕老闆逮到，大叫：「喂！阿治！阿治！」最後我用力的將雜誌丟在地板，飛快的跑回家中。

這件功敗垂成的憾事又使得我更加輾轉難眠。我躺在床上，再度毫無理由的深陷恐懼火災的苦惱，一想到假如家中失火的話，根本就顧不了睡覺這回事。

某天夜裡，我在臨睡前去上廁所，在與廁所相隔一個走廊的漆黑帳房裡，有一位學徒獨自在放映電影。白熊從結冰的山崖飛縱入海的模樣，有如擲向房中紙拉門的火柴盒般大小，一閃一閃的放映著。我窺視這一幕，只覺學徒心中必定無限悲淒。上床之後，一想到這件事，心就撲通撲通跳。一下子想有關學徒的事，一下子又想如果那部放映機的底片突然著火，一發不可收拾，那該怎麼辦？擔心到夜將盡，東方發白，仍一點睡意都沒有。

在這樣的夜晚，我就會很難得的想起祖母。

晚上八點左右，女僕就會侍候我睡覺，在我睡著之前，那名女僕必須睡在我的身旁陪著我。我覺得女僕太可憐了，所以一上床，馬上假裝睡著。我一面用心去感覺女僕悄悄的下床離去，一面一心一意的祈禱能安然入睡。到了十點左右，我若仍在床上輾轉難眠，便會開始啜泣，然後爬起來。

到了這個時間，家裡的人全都睡了，唯獨祖母還醒著。祖母和値夜的老爺爺，在廚房圍著炕爐聊天。我身穿棉袍，擠進兩人之間，板著臉，聽他們說話，他們總是在聊村人們的八卦。

某個秋天的深夜，我正側耳傾聽他們嘰哩呱啦的交談時，突然從遠方傳來驅蟲祭（農村的一種點炬火鳴鐘以驅除害蟲的儀式）時的大鼓聲，咚咚作響。聽到鼓聲，才驚覺原來還有很多人沒睡，心裡才踏實許多。這件事我永遠也忘不了。

說到聲音，我就想起一些事。我大哥當時在東京唸大學，每次放暑假回來，都會將音樂、文學等新鮮的玩意帶回鄉下。大哥讀的是戲劇，他在某鄉土雜誌上發表了一齣名爲「爭奪」的獨幕劇，在村裡的年輕人間廣爲流傳。當他完成此劇時，還讀給我們這些弟妹聽，大家都紛紛表示聽不懂，可是我卻懂，甚至連結尾時所唸的那首詩中的那句「眞是黑暗的夜晚啊」我都能理解。

我認爲這齣戲不應取名爲「爭奪」，應該取爲「薊草」，於是之後我便在哥哥寫壞的稿紙角落，以小小的字體寫下我的意見。哥哥大概沒有發現這些字吧！並沒有改劇名就直接發表了。

大哥同時也收集了許多唱片。只要家裡有任何宴會，父親必定會千里迢迢從遠方的大城市找來藝妓。我打從五六歲開始，就已經有被那些藝妓抱過的記憶，也記得「很久很久以前」、「那是艘紀之國的橘子船」等民謠及舞蹈。因爲如此，比起哥哥的西洋音樂唱片，我更早認識傳統樂曲。某天晚上，我一上床便聽見從哥哥房間傳來一陣悠揚的樂音。我自枕頭上抬起頭聆聽。次日，我一早起床，走向哥哥的房間，從手邊依序一片一片試放唱片，最後終於被我找到了。昨晚讓我興奮得失眠的這張唱片曲名爲蘭蝶。

不過，比起大哥，我和二哥親近多了。二哥以優等成績畢業於東京的商業學校，畢業之後，立刻回家鄉，任職於家鄉的銀行。二哥也和我一樣，並不太受寵於家人。我曾聽母親和祖母說，長得最醜的是我，接著就是二哥，所以我想二哥的沒人緣大概也是因爲容貌的關係吧！我記得二哥曾半開我玩笑的說：「什麼都可以不要，只想要長得英俊瀟灑些，對吧？阿治！」

可是，我卻從來不曾眞的覺得二哥長得不好看，而且深信他的頭腦也是兄弟中較好的一位。二哥每天都喝酒，然後和祖母吵架。每回我都很怨恨祖母。

最小的哥哥和我彼此互看不對眼。我有許多秘密都掌握在他手裡，所以我總是敬而遠之，再加上小哥和我下面的弟弟長相十分相，都被衆人誇獎爲美男子，我被他們兩人上下夾攻，簡直快窒息。直到小哥到東京讀中學，我總算才放下心。

弟弟是么子，加上長相俊俏，深受父親和母親寵愛。我一直很嫉妒弟弟，時常毆打他，所以常挨母親罵，因而怨恨母親。

那是在我十歲或十一歲時的事，我的襯衫及貼身短襯衣的縫隙裡，有如撒上黑芝麻般，聚集了許多蝨子時，弟弟略微嘲笑一番，誠如上述，我將弟弟打倒在地。不過，我還是會擔心，趕緊用一種名叫不可飲的藥擦他頭上腫起的數個腫包。

我受姊姊們疼愛。大姊已經去世了，二姊嫁人了，底下的兩位姊姊各自離家，在不同的女校讀書。由於我們村子沒有火車經過，爲了往返離三里遠有火車經過的某城，夏天必須搭馬車，冬天則坐雪橇，至於春天融雪時以及秋天既下雨又飄雪時，除了走路，別無他途。

姊姊們坐雪橇會暈，所以放寒假時，仍然走路回來，我每次都在村前堆滿木材的地方迎接她們。儘管天已完全暗下來，道路在雪的照射下，依然明亮。不久，姊姊們提著燈，從鄰村的樹林陰暗處現身，我立刻大叫一聲喂，高舉雙手揮舞。

較大姊姊的學校所在的城鎮遠比小姊姊的學校所在的城鎮小，所以帶

回來的禮物也總是比小姊姊來得寒酸。有一次、較大的姊姊紅著臉說，一點小東西，同時從皮包中取出五六把仙女棒給我。記得當時我的心全都揪在一起。家人也都說這個姊姊的姿色不佳。

較大的姊姊在讀女校之前，一直都和曾祖母二人一起睡在邊間的和室中，所以我一直誤認爲她是曾祖母的女兒。曾祖母在我小學即將畢業時去世了。封棺時，瞥見曾祖母身穿白色和服，又小又僵硬的模樣，我不禁擔心曾祖母的這般模樣假如長久烙印在眼中，該怎麼辦？

沒多久，我小學畢業了。可是、家人以我的身體虛弱爲由，將我送到高等小學再讀一年。父親說：「等身體養好了，再讓你上中學，而且如果要像你哥哥們一樣到東京讀書，對你的健康有礙，還是上鄉下的中學吧！」

雖然我並不是那麼想讀中學，可是我依然在作文簿中寫：「身體虛弱，深感遺憾」，以博取師長同情。

這時我們村子也已實施鄉鎮制，那間高等小學正是我們鎮和附近五、六個村共同出資設立的，位在距離鎮上半里遠的松林中。我雖然因病經常請假，但卻是該小學的代表，所以到了聚集各村衆多優秀生的高等小學，非得努力爭取第一不可。不過，我在那裡，依舊不用功。

我在自認爲不久就是中學生的驕傲下，令那所高等學校覺得很難堪、很不愉快。上課時，我多半在畫連載漫畫，下課時，我裝成各種聲調，把漫畫的內容說給同學聽，畫有漫畫的筆記本堆了五、六本之多。有時也會杵著下巴，呆呆的望著教室外的景色，度過一小時。我坐在靠玻璃窗的位子。窗戶的玻璃上，有一隻很久以前被打扁的蒼蠅黏在上面。它剛好位於我一邊視野的角落，每當我看得出神時，它就會變大，我還以爲是雉雞或山鳩，好幾次被嚇了一跳。

我還和喜歡我的五、六名同學一起逃課，躲進松林後方的沼澤岸邊，橫躺在地上，談有關女生們的事，或是一起掀開衣服，互相比較下體少得可憐的陰毛。

這間學校是男女合校，可是我不曾主動接近女生。我的情慾十分強烈，拚命壓抑的結果，卻變得很怕接近女人。在此之前，也曾有二三名女

子很愛慕我，可是我總是佯裝不知情。從父親的書架上取出帝國美術展覽會中入選的畫冊，看著偷藏其中的裸體畫，雙頰發熱；我還讓自己飼養的家兔頻頻交尾，看到雄兔拱起背捲曲成一團的模樣，心中便撲通撲通跳得很厲害，這些我都忍下來。

我是個愛面子的人，所以根本不會把自慰的事告訴任何人。我從書上得知它的害處，處心積慮想戒掉它，卻做不到。

過不久，我每天走路到離家頗遠的學校上課，或許拜此之賜，身體也強壯起來。在我的額頭邊長出如米粒般的痘子，我覺得很丟臉，於是用一種名爲寶丹膏的藥塗抹，塗得紅紅的。大哥剛好在那年結婚，結婚當天晚上，我和弟弟偷偷跑到新嫂嫂的房間。嫂嫂正背對著門口，梳頭。我突然瞥見映在鏡中的新娘微微一笑，趕緊接著弟弟往回跑，接著又逞強的用力說：「哼！沒什麼了不起的嘛！」這是因爲額頭被藥弄得紅紅的，覺得很不好意思，才會故意如此反抗。

冬天近了，我也不得不開始準備考中學。我根據雜誌上的廣告，向東京方面訂購了各種不同參考書。可是，那些書卻只是靜靜的躺在紙箱中而已，完全沒看過。我要考的中學是位於縣內第一大鎮，所以想考的人一定也有二三倍多，落榜的憂慮不時襲上心頭。

這時我也會用功讀書。持續讀了一星期之後，可以榜上有名的自信立刻隨之而來。用功時，不到晚上十二點我不會上床，早上大概四點就起來了。讀書時，女僕阿民就會待在我身邊，幫我升火、煮茶。阿民不管熬夜到多晚，第二天早上一定會準時四點叫我起床。正當我被老鼠生子的數學應用題搞得一頭霧水時，阿民靜靜的在一旁看小說。不久，阿民被一位又老又胖的女僕給取代了，我知道這是母親的命令，一想到母親眞正的心意，不禁皺起眉頭。

第二年春天，積雪尚深之際，父親在東京醫院吐血而亡，周遭的報社皆以號外來報導父親的死訊。比起父親的死，我對於如此轟動的場面更覺興奮。我的名字也夾雜在遺族中，出現在報上。

父親的遺體躺在大型臥棺中，用雪橇運送回家鄉，我和許多鎭民們一

起到和鄰村交界的地方迎接。不久，看見在月光下從陰暗的樹林接連滑出數部雪橇，我覺得這個畫面眞美。

翌日，家人們人全都聚集在停放父親靈柩的佛堂，一移開棺蓋，全家都放聲大哭。父親就像在睡覺一樣，高高的鼻樑變得十分蒼白，我聽到衆人的哭聲，也隨之鼻酸，流下淚來。

大約長達一個月之久，家裡簡直就像失火般混亂。我也被捲入混亂中，根本無法讀書準備考試，就連高等小學的期末考答案也幾乎全都是瞎編的。我的成績大概是全校前三名左右，很顯然這是班導師顧慮我的家世所造成的。我在當時就已經察覺到自己有記憶力減退的現象，如果不事先準備的話，考試時一個字也寫不出來。對我而言，這種經驗還是頭一回。

二

雖然成績不佳，但我在那年春天考上了中學。我穿上新的和服褲裙、黑色襪子以及高統靴，揚棄以往的毛毯，改穿呢絨大衣，並且和時尚人物一樣不扣釦子，開開的披在身上，朝位在海濱的小城市出發。接著我落腳在一位算是遠房親戚的家裡，那是城裡的一間布莊，在這間門口掛著破爛不堪布簾的家，我將有很長一段時間要受他們照顧。

我向來就是一個樂天派。入學當天，即使到澡堂去，我仍然戴著校帽，穿著褲裙。我看見映在街道上窗戶玻璃的自己，笑著輕輕對著他點頭。

儘管如此，學校實在無趣極了。校舍位於城鎮的最前頭，漆著白漆，正後方是一處面向海峽的公園，上課還不時可以聽到浪濤聲和松樹沙沙作響的聲音。走廊十分寬敞，教室的天花板也很高，我對所有的一切都感到十分滿意，然而學校的老師們卻對我嚴重迫害。

我從開學典禮那天起，就飽受某位體操老師毆打，他說因爲我太神氣了。這名老師在入學考試時，曾擔任我的口試老師，當時他還充滿同情的對我說：「父親去世了，你大概也無法好好讀書吧！」而且唯一看見我垂著頭模樣的人，就只有他而已，因此我的心更加受傷害。

在這之後，我又被其他許多老師毆打，處罰的理由林林總總，比方說咯咯的笑，或是打呵欠等等，甚至還說，我在上課中打呵欠的聲音很大，在辦公室還引起一番議論。我覺得在辦公室談論這種蠢事，實在太不可思議了。

和我來自同一城鎮的一名同學，有一天，把我叫到校園中砂山的陰暗處，向我忠告說：「你的態度的確看起來很臭屁，如果再這樣被打下去，一定會留級。」

我為之愕然。那天放學後，我沿著海岸，獨自急奔回家。海浪弄濕了鞋底，我嘆著氣走著，用衣袖拭去額頭上的汗水，大得驚人的灰色帆船正從眼前緩緩駛過。

我是散落的花瓣，即使是微風也會冷得打顫，不論受到人們任何一丁點輕蔑，都會苦惱得大嘆不如死去。我自認為自己現在一定很了不起，為保護身為英雄的名譽，即使受大人欺侮，也絕不容許受人輕視，因此被留級這種不名譽的事，便成了我唯一的致命傷。

之後，我戰戰兢兢的上課，上課時也覺得在教裡有上百名看不見的敵

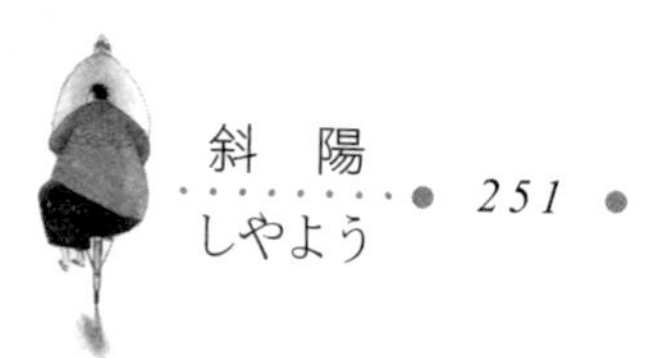

人，絲毫不敢大意。早晨，要上學時，我會在桌上擺出撲克牌，用來預測當天一天的運勢。紅心桃代表大吉，方塊代表半吉，梅花代表半凶，黑桃代表大凶。那段期間，連續幾天出現的全是黑桃。

接著沒多久，考試到了，不論是博物學、地理或是修身學，教科書上所寫的內容，我一字不漏的全部背下來。大概是我孤注一擲的潔癖所導致的吧！這樣的讀法爲我招來不良後果。我不僅讀書死板，就連考試時也不懂得臨機應變，雖然也有近乎完美的答案，但有時若當中有一字一句無關緊要的詞忘了，思緒就會大亂，淨寫些毫無意義的話來塡滿答案紙。

可是我第一學期的成績排名全班第三名，操行也得甲。飽受留級恐懼之苦的我，一手拿著成績單，另一隻手拎著皮鞋，赤足在學校後方海岸奔跑，高興極了！

一學期結束，初次返鄉時，我想將我短暫的中學生活體驗盡可能很光彩的說給家鄉的弟弟聽。我將這三四個月來身邊所累積的一切物品，連坐墊也全都塞進行李箱中。

馬車一路顛簸而行，一穿過鄰村樹林，方圓幾里全是一片綠油油的大海。在青翠田地的盡頭，我家的紅色大屋頂矗立在那裡，我望著它，彷彿已經十年未見似的。我從來沒有像這一個月假期這樣得意過，我向弟弟吹噓中學生的生活，把它說得如幻似夢般精采，把小鎮的情景全部用妖怪故事情節加以敘述。

我四處去寫生風景、採集昆蟲，在原野及溪間奔跑。水彩畫五張和稀有的昆蟲標本十種，全都是老師所出的暑假作業。我肩膀扛著捕蟲網，弟弟提著裡面裝有小鉗子、毒壺等物品的採集箱，四處追著紋白蝶和蝗蟲，就這樣在夏天的原野中度過一天。夜晚在庭園中升起熊熊烈火，然後再以網子或掃把左一下右一下將飛撲而來的眾多昆蟲打下來。

最小的哥哥就讀於美術學校的塑像科，每天都在中庭的大栗樹下，玩弄黏土。他在替已經自女校畢業的小姊姊雕塑半身像。我也在一旁畫了幾幅姊姊的寫生。我和哥哥彼此都對對方的構圖互相貶損一番。姊姊很認真的當我們的模特兒，遇到這種爭辯不休的場面，她多半是支持我的水彩

畫。小哥哥從小大家都說他是天才，所以總是把我所有的才能視爲愚蠢，甚至連我的文章也嘲笑爲小學生的作文。對於他的藝術天分，我當時也毫不避諱的表示輕蔑之意。

某天晚上，小哥哥來到我的寢室。他壓低聲音說：「阿治，很稀奇的動物喔！」同時斜著眼將一包用衛生紙輕輕兜著的東西從蚊帳下方，悄悄的放進來給我。這是因爲哥哥知道我正在收集稀有的昆蟲。紙團中傳出昆蟲用腳拚命掙扎的沙沙聲。我透過這微弱的聲音，感受到骨肉親情。我粗暴的打開小紙團，哥哥似乎要停止呼吸似的說：「跑掉了啦！喂！喂！」我一看，原來是普通的鍬形蟲。我也把這種鞘翅類昆蟲列入我所採集的珍貴昆蟲十種之中，交給老師。

假期一結束，我就難過起來。揮別家鄉，來到這個小都會，獨自爬上布莊二樓，打開行李時，我差一點就掉下淚來。我只要一遇到這種悲傷的時候，就會到書店去。當時我也一樣，我快跑到附近的書店。即使只看一看陳列在店中的許多刊物的背書，我的憂愁也會神奇的消失無蹤。

書店角落的書架上，有五六本我很想買卻不能買的書。我經常假裝若無其事的樣子，站在那些書的前面，雙膝微微顫掉，偷看幾頁。不過，我之所以到書店去，倒不光只爲了看那些看來好像醫學書籍的資訊。對當時的我而言，不論是任何書，都是一種休息和安慰。

學校的課業愈來愈無趣。在空白地圖上用水彩筆畫出山脈、港灣以及河川等作業，是最令人憎恨的。我是一個對任何事物都很講究的人，這件彩繪地圖的作業，就花了我三四小時才完成。就連歷史課也一樣，老師特地要我們把講義上的重點寫成筆記。可是，老師的講義讀來和教科書沒兩樣，所以自然而然除了把教科書上的文章全部原封不動的照抄到筆記之外，別無他法。由於我還是很在意成績，所以每天都很賣力的寫。

一到秋天，鎮上所有的中等學校開始進行各種運動競賽。來自鄉下的我，甚至連棒球比賽都沒見過，只有在小說中學過滿壘、游擊手和中間手等術語。不久之後，我雖然已經學會如何看棒球賽，但卻不太熱衷。

不僅是棒球，就連網球和柔道都一樣，只要是和別校比賽，我身爲啦啦隊的隊員，每一場都必須去替選手們加油。這件事又更加深我對中學生活的厭惡。

啦啦隊有一名隊長，故意打扮得髒兮兮，手持畫有太陽的團扇，爬上校園一角的小高崗演說。這時，學生們就會開心的指著他大喊：髒鬼！髒鬼！比賽時，在每局的空檔，隊長便會揮動扇子，大叫：全體起立！於是我們就站起來，一邊一起揮動紫色小三角旗，一邊唱「強敵！強敵！不管有多勇猛」的加油歌。這對我來說，是很丟臉的事，於是我便趁機逃離啦啦隊，跑回家去。

可是我也並非沒有運動的經驗。我的臉色臘黃，我一直堅信是因爲自慰所造成的，因此只要有人提及我的臉色，我的心就會撲通撲通跳，彷彿秘密被揭穿似的。我很想透過什麼讓自己看起來氣色好一點，於是才開始運動。

我從老早以前就爲臉色不好所苦。小學四五年級時，從最小的哥哥那裡聽到有關民主的思想，甚至還聽見母親向客人們抱怨因爲實施民主政治的關係，稅金明顯增加許多，收成的稻米大半都被抽稅抽走了。我對此一思想充滿畏懼與恐慌。接著在夏天我幫忙男僕們割除院子裡的草，冬天則幫忙一起剷除屋頂上的積雪，在幫忙的同時，我順便教男僕們有關民主的思想。然而不久我就知道其實他們並不喜歡我的幫忙，因爲據說在我割完草之後，他們非得再重新割過不可。

其實，我也希望能透過幫助男僕們工作，讓自己的臉色變好。可是儘管我勞動成那樣，氣色依然沒變好。

進入中學之後，我想要經由運動來獲得好氣色，於是天氣炎熱的季節，下課回家時，一定會到海邊游泳。我最喜歡像青蛙一樣用雙腳打水的蛙式游泳，而且游泳時，頭是直直的挺出水面，所以可以邊游邊欣賞波浪起伏所形成的細紋、岸邊的綠葉以及天上的浮雲。我像烏龜般盡可能的伸長脖子，抬高頭游。因爲我想讓臉多靠近太陽一點，早日曬黑。

此外，在我住的地方的後方是一處寬闊的墓地，我在那裡畫出一條百米的直線跑道，自己一個人認眞的跑著。墓地被茂密的白楊樹包圍著，跑累了，我會一邊信步而行，一邊唸塔形木牌上的文字。至今仍忘不了諸如月穿潭底、三界唯一心等句子。

有一天、我發現一塊長滿錢苔，又黑又濕的墓碑上，寫著「寂性清寥居士」，心中頗感不安。我在墓前新裝飾的紙蓮花的白色葉片上，用沾上泥土的中指，猶如幽靈作記號般乾乾的寫下某法國詩人所暗喻的詩句：「我現在正躺在泥土中，和蛆蟲玩耍。」

第二天傍晚，我要去運動之前，先繞到昨晚的墓地去看。經過早晨一場驟雨，那些文字在他的親人尚未來得及哭泣前，就已經被洗刷殆盡，蓮花的白色葉子有些也已破損了。

我是抱著好玩的心態做那些事的，不過卻也因此讓我跑得更快，雙腳的肌肉也結實圓潤起來。然而氣色卻依然沒變好，黑色的表皮底下，沉澱著令人作嘔的臘黃色。

我對臉十分有興趣。讀書讀膩了，就會拿出小鏡子，對著鏡子一會兒微笑，一會兒擠眉，一會兒又托著腮幫子假裝想不透樣子，我不厭其煩的看著這些表情。我終於找到必定會令人捧腹大笑的表情，那就是瞇眼、皺鼻再把嘴噘得小小尖尖的，像隻小熊般可愛。每當我心生不滿或是感到困惑時，就會裝出這種表情。

那時，小姊姊正好生病住進鎭上的縣立醫院內科。我前往探病時，裝出這個表情給姊姊看，姊姊看了竟然按著肚子在床上亂滾。由於只有家裡的中年女僕陪著姊姊在醫院，實在很無聊，所以只要一聽見從醫院長長的走廊傳來我啪噠啪噠的腳步聲，就興奮不已。因爲我的腳步聲特別不尋常，很大聲。假如我一星期都沒去看姊姊，姊姊就會叫女僕來帶我去。女僕一臉嚴肅的對我說，我一沒去，姊姊就會莫名其妙的發燒起來，病情變得不太好。

這時我也已十五、六歲大了。手背上微微透出青綠色的靜脈血管，身體也感到特別笨重。我和同班的一名皮膚略黑、身材嬌小的同學相戀。放學回家時，二人並肩而行，可是即使是小指稍微碰觸到，我們都會臉紅。有一天、二人走在學校後方小道，一起回家時，那位同學發現在長滿綠綠的水芹和鵝腸草的田溝裡，有一隻蠑螈漂浮在上面。她默默的掬起蠑螈，遞給我。我雖然不喜歡蠑螈，但卻很高興的用手帕將牠包起來。帶回家後，我把牠放進中庭的小池裡。蠑螈搖擺著短短的頭，來回的游著。可是第二天早晨再去看，已經逃走不見了。

我非常矜持，從來不曾將我的想法明白告訴對方。平常我就很少開口跟那位同學說話，另外同時間，我也注意到另一位住在隔壁，身材瘦小的女學生。即使在路上遇見她，也把她當成傻瓜似地，用力的將臉轉過去。

秋天時，半夜有火災發生，我也起床走到外面查看。在不遠處的神社背後，火苗四散，正在燃燒中。神社內的杉樹林被火焰包圍住，燒成一根根烏黑的枯木站在那裡，上面有許多小鳥如落葉般瘋狂飛舞著。我雖然知道鄰家門口站著一位身穿白色睡衣的女子，正朝著我這邊看，但我仍側著臉對著她，目不轉睛的看著火災。我那在紅紅的火光映照下的側面，我想一定閃閃發光，看起來帥極了。

就這樣，我和先前的那位同學以及這名女學生都沒能有更進一步的發展。不過，當我獨處時，就變得相當大膽。對著鏡中的自己，閉上一隻眼睛笑著，或是在桌上以小刀刻出薄唇，再用自己的唇親吻它。接著我又紅墨水試著塗在那個唇上，卻奇怪的變成黑紫色，感覺很不舒服，所以我又用小刀把它刮除。

我升上三年級之後，在春天的某個早晨，我倚在上學途中一座漆成紅色的橋的圓管狀欄干上，呆立了片刻。橋下如隅田川般寬闊的河水潺潺而流，完全茫然不知的經驗是我從未體驗過的。我總覺得背後好像有人在看著我，所以我總是故意裝模作樣，惺惺作態。對於我的每一個細微動作，都會有個聲音從旁提示說：他很困惑的望著手掌或是他邊搔著耳後邊嘀咕等等。對我而言，是不可能會出現突然、不確定、不知不覺等動作。

從站立橋上的放鬆狀態清醒過來之後，我又陷入了孤寂。陷入此種情緒時，我又想起自己的過去與未來。一面啪噠啪噠的走過橋，一面想起許多事，還有夢想。最後，嘆了口氣，這麼想：眞的能變成了不起的人嗎？在此前後，我又開始焦躁不安。我對一切都無法滿足，總是在空虛掙扎。

我臉上戴著十層、二十層的面具，所以根本無法搞清楚是哪一個有什麼樣的悲傷。最後我終於替我的苦悶找到一個宣洩口，那就是創作。這裡有許多同類，大家全都和我一樣，凝視著這種莫名的顫抖。我悄悄的許下願望，當個作家吧！當個作家吧！

弟弟也在那年進入中學，和我住同一間房間。我和弟弟商量的結果，在初夏時集合了五、六個友人，創辦了同人雜誌。在我住處的斜對面，有一間大印刷廠，於是便拜託他們幫忙，就連封面也是用石版印刷得相當精美。我將雜誌分送給班上的同學，因為我每個月都會在雜誌上發表少許創作。初期是針對道德方面寫一些充滿哲學家味道的小說，即使是一行或兩行片斷的散文，也覺得很自豪。這本雜誌維持了一年左右，但我為了此事還跟大哥起了爭執。

我對文學十分狂熱一事，使得大哥相當擔心。他從家鄉寄來一封很長的信，信中以堅定的語氣寫著：「化學方面有公式，幾何方面也有定律，只要了解這些，就可以完全解開謎底，但是文學不一樣，並沒有這些東

西，假如不能達到被承認的年齡和環境，就不可能正確的掌握住。」

我也有同感，而且我還堅信自己正是那個被承認的人。

我立刻回信給大哥：「大哥所言甚是，能有如此了不起的兄長，甚感幸福。不過，我並未因文學而怠惰學業，還因此更加用功。」信中處處流露出誇張的情感。

之所以這樣寫，全都是因為「不管如何，你都必須出類拔萃」這個充滿脅迫的想法，可是事實上，我是用功的。升上三年級之後，我一直都保持班上第一名。不被人叫成書呆子，要成為第一名是很困難的，但我卻並未被如此嘲笑，甚至還很懂得如何和同班同學親近。

就連綽號章魚的柔道主將都順從於我。教室角落裡有一個裝紙屑的大罐子，我有時會指著罐子說：「章魚怎麼不爬進罐子裡呢？」章魚就會把頭伸進罐子裡，然後大笑。笑聲在罐中迴盪，發出奇怪的聲音。

社團的美少年們也大都和我很親近。就算是我把絆創膏剪成三角形或六角形，貼在我臉上的那些青春痘上，貼得東一塊西一塊，也不會有任何人嘲笑我。

我對這些青春痘實在傷透腦筋。當時每天都不斷有新的痘子冒出來，所以每天早上，一睜開眼，我就會用手掌來回撫摸我的臉，看看它的狀況。買過許多藥來擦，卻一點效果也沒有。我到藥房買藥時，都必須拿著一張寫有藥名的紙條問說有沒有這種藥，假裝是受人之託的樣子。我把臉上的青春痘視爲情慾的象徵，覺得非常羞恥，甚至還曾想乾脆死了算了。對於我的長相，家人也是批評到極點，已出嫁的大姊甚至還說過，根本不會有人要嫁給阿治。我拚命的抹上藥。

弟弟也很擔心我臉上的青春痘，好幾次替我去買藥。我和弟弟從小感情就不太好，弟弟要考中學時，我甚至還希望他考不上，可是自從兩人一起離開家鄉，我才逐漸知道弟弟好性情的一面。

弟弟隨著年齡的增長，變得沉默寡言且內向。也經常在我們的同人雜誌上寫些小品文，但全都是一些有氣無力的文章。和我比起來，在校成績並不理想，他一直爲此而苦惱，我如果安慰他，反而還會不高興。此外，

他還很厭惡自己額頭上的髮際，因爲它常呈現出像富士山般的三角形狀，活像個女人。他堅信正因爲額頭狹窄，所以頭腦才會如此不好。

我唯有對這個弟弟完全包容。我在當時，與人相處，不是全部隱瞞，就是全盤托出，只有這兩種方式而已，但我們之間卻無話不談。

初秋的某個沒有月亮的晚上，我們走到港邊的棧橋，一面呼呼的吹著來自海峽的涼風，一面談論有關紅線的事。那是某天學校國語老師在上課中，說給學生聽的一個傳說。也就是傳說在我們的右腳小趾上都綁著一條看不見的紅線，它非常的長，而且線的另一端一定會和某個女子的同一腳趾綁在一起，兩人不管相隔多遠，這條線都不會斷，不管靠得多近，即使在路上相遇，這條線也不會打結，並且我們一定會娶這名女爲妻。我初次聽到這個傳說時，相當興奮，回到家後，立刻轉述給弟弟聽。

那天晚上，我們一面傾聽浪花聲及海鷗聲，一面談論這件事。我問弟弟：「你的老婆現在在做什麼呢？」弟弟用雙手搖了搖棧橋的欄杆二三次，然後害羞的說：「在院子裡散步。」偌大的庭院中，腳穿木屐，手持團扇，正在觀看月見草的少女，倒是和弟弟十分適配。接著輪到說我的未來妻子，我將目光投向漆黑的大海，只說了句：「繫著紅腰帶……」便住口。渡海峽而來的交通船上如大型旅館般，有許多房間，每間房間全都點上黃燈，搖搖晃晃的自水平面浮出。

唯有這件事瞞著弟弟。我在那年暑假回家，有一位身穿浴衣，綁著紅腰帶，身材嬌小的新女僕，動作相當粗暴的替我脫下洋服。她叫做御代。

我臨睡前習慣偷偷的吸一根菸，思索小說的標題。御代不知何時得知這件事，某天晚上，幫我舖好床之後，在枕頭旁整齊的擺放一個菸灰缸。第二天早晨，當御代來打掃房間時，我吩咐她說：「我是偷抽香菸的，不可以放菸灰缸！」御代嘟著嘴，應了聲哦。

同樣是在放假時發生的事。鎮上有表演浪花節（以三弦為伴奏的一種民間說唱的歌曲）的人來，這時，我們家就會讓所有的傭人全都去表演廳欣賞。我和弟弟也被叫去，但是我們很瞧不起鄉下的表演，所以故意跑去田裡抓螢火蟲。

我們跑到鄰村的樹林附近，由於夜露太重了，所以箱中大約只裝了二十隻左右便回家了。去觀賞浪花節表演的人也陸續回來，我們叫御代拉開被褥、掛上蚊帳，接著我們關上電燈，將螢火蟲放進蚊帳裡。螢火蟲在蚊帳裡四處飛舞，御代也在蚊帳外站了一會兒，看螢火蟲飛舞。我和弟弟並排躺著，但比起螢火蟲的綠光，我對御代白淨無瑕的模樣，有更深的感受。我略微提起精神問：「浪花節有趣嗎？」在此之前，我決不會和女僕說她們工作以外的事。御代以平靜的口氣說：「不好玩！」我忍不住笑出來。弟弟忙著用團扇拍啦拍啦的驅趕一隻停附在蚊帳角落的螢火蟲，一句話也沒說，我總覺得時機好像不太對。

從那時開始，我才注意到御代。一提到紅線，御代的身影立刻浮現心中。

三

升上四年級，幾乎每天都有二位同學來我房間玩。我會請他們喝葡萄酒配乾魷魚，然後教他們許多亂七八糟的事。比方說告訴他們有一本書是有關生炭火的方法，或是把某位新進作家所寫的《機械怪獸》塗上一層機械油，然後說如果這樣拿來賣的話，一定是很特殊的裝訂手法，或者將一本書名爲《美貌之友》的翻譯書，四處裁剪下來，然後在剪下後的空白處，拜託熟識的印刷廠印上我所虛構的文章，號稱說這是一本奇書，讓友人們大爲吃驚。

對御代的記憶也漸漸淡薄，再加上我總覺得和同在一個屋簷下的人相愛，後果不堪設想，而且平常我盡說女人的壞話，因此若是因爲御代而稍微擾亂心思，自己就會生自己的氣。所以御代的事我當然不會告訴弟弟，更別說是友人們了。

然而，就在這時候，我讀了某俄國作家著名的長篇小說，又改變想法了。書中從一位女囚犯的經歷說起，導致那名女子犯錯的第一步是導因於她被主人的侄兒，同時也是一名貴族大學生所誘惑。我忘掉這本小說最大的意涵，卻在描述兩人在盛開的紫丁香花下初吻的一頁，夾上枯葉做成的

書籤。我無法事不關己似的讀一本優秀的小說，我不禁覺得那兩人和我跟御代極爲相似。我心想假如我現在若是厚臉皮一些，最後就會變得和那位貴族一樣。

一這麼想，我的膽小症又無端發作起來。正因爲器量如此狹窄，才會使得我的過去如此平靜無波，我好想讓自己成爲擁有輝煌人生的受難者。

這件事我第一個就告訴弟弟。在晚上睡覺時，我說給弟弟聽。我原本打算以嚴肅的態度來陳述，但是雖然忠中如此想，但比出來的姿勢卻完全相反，打亂了氣氛，結果還是不正經。我或是撫摸頸筋，或是兩手互相搓揉，還說出一些沒品味的話。對於這種若不這麼說就不過癮的習慣，自己也覺得實在很悲哀。

弟弟邊舔著他薄薄的下唇，連翻身都沒翻身的聽著。他不好意思的問：「要結婚嗎？」我不知爲何，嚇了一跳。「不知行不行。」我故意沮喪的回答。弟弟出乎意外的以老成的口吻，拐彎抹角說：「恐怕不行吧！不是嗎？」

聽了這話之後，我才清楚的發覺自己眞正的心意。我心裡氣得發慌，咆哮起來。我從棉被裡探出半截身體，口氣強硬的說：「所以才要反抗！要反抗！」

弟弟彎曲起包在印花布棉被裡的身體，似乎想要說什麼，偷窺似的看著我，安靜的微笑。我也笑出來，接著說：「新的開始！」同時將手伸向弟弟。弟弟也害羞的從棉被裡伸出右手。我小聲的笑著，並且數度搖晃弟弟無力的手指。

然而，當我在取得友人們認同我的決心時，還好並沒有如此費盡心力。友人們在聽我述說的同時，表露出正在動腦筋思索的神情。我知道只不過是爲了添加我說完話之後，表示同意我的話的效果而已。事實上，也正是如此。

四年級時的暑假，我帶這兩位友人一起回家鄉。表面上說是爲了要三個人一起開始準備高中考試，但事實上，我還想讓他們看看御代，所以就硬是帶他們回來。我暗中祈求我的朋友不會遭到家人不好的批評。因爲我哥哥們的友人全都是地方上有名望家族的青年，所以並不會像我的朋友那樣穿著只有兩顆金釦的上衣。

後面的空地上，當時蓋了一間很大的雞舍，我們只有在中午以前在雞舍旁的看守小屋裡讀書。看守小屋的外表被漆上白和綠兩種顏色的油漆，裡面大約有二坪大，舖著木地板，上面整齊的擺放著新漆上亮光漆的桌子和椅子。在東邊和北邊各有一扇大大的門，南邊也有一扇洋式的窗戶，若是全部打開的話，風會不斷的吹進來，書頁經常被吹得啪噠啪噠作響。四周和以前一樣，仍是雜草叢生，黃色雛雞少說也有數十隻，在草叢中忽隱忽現的玩著。

我們三人都相當期待午餐時刻的到來。大家都在猜不知是哪位女僕會來看守小屋叫我們去吃飯。假如來的不是御代，我們就會啪噠啪噠的敲打桌子，或吐舌頭，大吵大鬧一番。御代一來，大家就會規矩起來，等到御代離開後，大家全都忍不住笑出來。

某個晴朗的日子，弟弟也跟我們大家一起在小屋讀書，到了中午，大

夥兒又如往常般談論到底誰會來。只有弟弟沒有加入討論，在窗邊來回踱步，背誦英文單字。我們開著各種玩笑，互相丟擲書本，並且用力踩地板，地板發出極大的聲響，接著我開了一個稍嫌過分的玩笑。我想讓弟弟也加入我們，於是對他說：「你從剛才開始一句話也沒說。」接著又輕咬著嘴唇，瞪著弟弟。

弟弟簡短的叫了一聲：「不要！」同時用力的揮了揮右手，手上拿著的二三張單字卡，應聲四處飛散。

我嚇了一跳，趕緊恢復正常眼神。在那一剎那間，我直覺反應這下不妙了。我想御代的事就到此爲止吧！過沒多久，又馬上像什麼都沒發生似的笑翻了。

那天來通知吃飯的人，很幸運並不是御代。大夥兒一個接一個排成一行走在通往主屋的豆園間羊腸小徑上，我跟在大家的後面，一面開朗的嬉鬧，一面隨手摘下好幾片圓圓的豆葉。

一開始並沒有考慮到壯烈犧牲之類的事，只是覺得很討厭。盛開的白

色紫丁香花叢被沾滿了污泥，一想到惡作劇的人竟是自己的血親，就更覺厭惡。

兩三天之後，我心中萌生許多煩惱。御代有時在庭院中走著，我一牽她的手，她幾乎都表現出很爲難的樣子。簡而言之，我是不值得欣喜的。對我而言，沒有比不讓人感到欣喜更羞恥的了。

就在同時，不好的事接二連二出現。某天吃午餐時，我和弟弟以及友人們一起坐在餐桌前吃飯，御代則在一旁，手持畫有紅猩猩臉的彩繪團扇啪噠啪噠的一面替我們搧風，一面侍候我們。我依據團扇的風量來暗中測量御代的心，御代替弟弟搧的比我還多，我絕望了，把刀叉咚的一聲放在炸肉排的盤子上。

我心想大家全都聯合起來欺負我。「友人們一定老早就知道了！」我胡亂的懷疑人，心中暗自決定：「還是忘了御代好了。」

又再過了二、三天。某天早晨、我把前晚吸剩，尚有五六根香菸的香菸盒放在枕頭下，忘了帶走，就直接前往看守小屋。過不久想到了，慌慌張張跑回房間一看，房間早已收拾乾淨，香菸盒已不見蹤影。我先入為主的把御代叫來，近乎叱責的問：「香菸呢？被發現了？」

御代一臉嚴肅的搖頭，接著立刻伸長身子，把手伸進房中橫板後方。有兩隻金色蝙蝠飛翔圖案的綠色小紙盒出現了。

經過這件事之後，我的勇氣恢復了百倍以上，從前所下的決心又再度甦醒，不過一想到弟弟，還是有點發慌。因為御代的關係，也儘量避免和友人們嬉鬧，並且儘量避開弟弟，單獨進行誘惑御代的計劃。

我決定等待御代向我表明心意，我可以給御代許多機會。我不時叫御代來房間，吩咐一些無關緊要的事。當御代來我房間時，我會故意表現出可以不拘小節的輕鬆模樣。為了要打動御代的心，我十分注意自己的臉。那時我臉上的痘子總算好了，不過我還是習慣的在臉上上粧。我有一個相當美麗的銀製粉盒，盒蓋外雕有許多如常春藤般又長又彎曲的蔓草。我偶爾用它來修飾自己的皮膚，但心裡還是希望能改掉這個習慣。

接下來就看御代的決心了，然而機會卻遲遲未來。在小屋讀書時，有時也會離開那裡，跑回主屋去看御代。看到乒乒乓乓幾近粗暴的在打掃中的御代，我靜靜的看著，咬了咬嘴唇。

就這樣，暑假終於結束了，我和弟弟以及友人們不得不離開家鄉，我暗中祈求至少能夠在御代心中留下任何一絲在下次放假前不會把我遺忘的回憶，哪怕是一點點也好，可是還是失敗了。

出發那天，我們坐進我家的黑色廂型馬車。御代也和家人一起並排站在大門口送行。御代既沒有看著我，也沒有看著弟弟，雙手像在數唸珠般拿著已從肩上取下的淡綠色吊袖帶，眼睛直盯著地上。

馬車終於要出發了，我抱著極度遺憾，離開家鄉。

到了秋天，我帶著弟弟前往一處從學校所在城鎮坐火車大約三十分鐘車程就可以抵達的海岸溫泉地。我母親和病癒的小姊姊在那裡租了一間房子，進行溫泉治療。我一直住在那裡，繼續準備考試。

我爲了所謂秀才的這個稱號，爲了名譽而不得不在讀完中學四年之後，考進高等學校。這時，我討厭學校的程度又更加深了。不過，彷彿背後有什麼東西在追我似的，我仍然專心一致的讀書。

我從那裡搭火車通勤上學。每逢星期日，友人們就會來這裡玩。我們似乎已經忘記御代的事了。我和友人們每次都一定會出去野餐。在海岸的平坦岩石上，煮牛肉鍋、喝葡萄酒。弟弟的哥喉不錯，又會唱許多新歌，所以我們便叫弟弟教我們唱，大家一起引吭高歌。玩累了，就在岩石上面睡覺，一覺醒來，潮水已漲起來，原本應和陸地相連接的岩石，不知何時已變成海島了，大夥兒總覺得彷彿仍置身夢中，尚未清醒。

我若是一天不和這些友人們見面，就會覺得很寂寞。這是發生在這期間的事，某個秋風掃落葉的日子，我在學校被老師狠狠甩了兩巴掌。那是個偶發事件，由於是因爲我的俠義行爲而遭受處罰，因此我的朋友們頗爲光火。那天放學後，四年級全部集合在博物教室，商討有關開除那位老師的事，也有同學高聲大喊：「罷課！罷課！」我感到十分驚慌失措。

「假如是爲了我一個人而罷課，請饒了我吧！我並不怨恨那位老師，事情很簡單，很簡單啦！」我四處拜託同學。友人們說我太懦弱、太隨便了。我實在喘不過氣，離開了那間教室。回到溫泉區的家中之後，我馬上跑去泡熱水。被秋末初冬的狂風吹壞的二三片芭蕉葉青綠的身影從庭院的角落飄落澡池中。我坐在澡池的邊緣，毫無生氣的陷入沉思。

當我被令人感到難爲情的回憶襲擊時，爲了揮開它，我習慣會自己一個人「可是、可是」的喃喃自語。「很簡單！很簡單！」我喃喃唸著，想像自己四處徘徊的身影，我一面用手捧起熱水，然後又放掉，捧起又放掉，口中重複說：「可是、可是……」。

第二天，那位老師向我們道歉，最後並沒有發生罷課，朋友們也輕而易舉的又重修舊好，但這個災難卻令我憂鬱起來。我頻頻想起御代的事，最後還甚至認爲假如不見御代一面的話，自己將會就此墮落下去。

剛好母親和姊姊也將結束溫泉治療，返家去。出發那天，正好是星期六，我也以護送母親她們爲由，得以回家鄉去。我瞞著朋友們，悄悄的走，就連弟弟也並未向他說明我回家的眞正原因。我想大概不用說，他也會明白才對。

大家離開溫泉區之後，暫時先在照顧我和弟弟的布莊住一晚，然後才和母親、姊姊三人一起回家鄉。列車要駛離月台時，前來送行的弟弟那青色富士山額頭出現在列車窗外，對我說了句：「加油！」我漫不經心的坦然接受說：「好！好！」愉快的點了點頭。

馬車經過鄰村，逐漸接近家裡時，我完全無法平靜下來。夕陽西下，天空和山峰也全都暗下來。除了稻田被秋風吹得沙沙作響的聲音外，側耳傾聽，還有心砰砰跳的聲音。眼睛不停的環視一片漆黑的窗外，突然路旁一大片白晃晃的芒草浮現在眼前，嚇得我不禁往後仰。

在大門昏暗的門燈下，家人們站在那裡迎接我們。當馬車停住時，御代也啪噠啪噠的從大門跑出來，好像很冷似的縮著肩膀。

那天晚上，我上二樓的一間房間睡覺，想到一件令人十分感傷的事，並深爲所謂的庸俗觀念所苦。當御代的事發生之後，難道我最終也變成笨蛋了嗎？思慕女人是每個人都會發生的事。然而我卻不同，眞是一言難盡，總之就是不一樣。我的情形，從某種意義來看，並不下流。但是只要

是思慕女人的人，不也全都這麼認爲嗎？我被自己的香菸嗆到，心中如此頑固的想著。我是有思想的。

那天晚上，我想像爲了和御代結婚之事，不可避免的必定人會和家人發生爭論的情形，但卻換來缺乏自信的勇氣。

我確信自己所有的行爲並不庸俗，我和世上的大多數人終究不同，儘管如此，仍是十分感傷。我不知道感傷是來自何處，怎麼樣也睡不著，於是又自慰起來，將御代的事從腦中拔除。因爲我不願意弄髒御代。

早晨一醒來，秋天的天空一片蔚藍。我一大早便起床，前往對面果園裡，摘葡萄。我叫御代拿著大竹籠跟我一起去，我儘量以輕鬆的語氣御代說話，因此大家都不覺得奇怪。葡萄棚位在園中的東南角，大約有十坪寬，當葡萄成熟時，就會用葦簾將四周整齊的圍起來。我們打開角落的小小便門，進入圍籬裡。裡面暖烘烘的，二三隻長足胡蜂嗡嗡的飛著。朝陽穿過棚頂的葡萄葉及四周的葦簾，照進來，一片光亮，御代的身上也透著微微的綠光。在來這裡的途中，我也模擬了各種計劃。我像無賴似的歪著嘴微笑，但在只有我們二人的情況下，就有點糗，因此就變得不太愉快了，我甚至還故意讓便門就那樣開著。

我長得很高，所以不須要踏墊，就可以很輕鬆的用園藝剪剪下葡萄串。然後再將它們一串一串的交給御代。御代迅速的用白色圍裙將上面一顆顆的朝露拭去，放進籠中。我們一句話也沒說，時間過得實在很慢，我逐漸失去耐性，火氣變大了。當葡萄終於即將裝滿籠子時，當我又遞出一串，御代卻又將原本已伸出來的一隻手微微抽回。我把葡萄硬塞給御代，叫了聲「喂」，接著又吐了吐舌頭。

御代突然用左手握住右邊的附根。問她被刺到了嗎？「啊！」她眩目似的瞇著眼睛。我罵了聲「笨蛋」，御代沉默的笑著。我再也無法待在那裡，說了一句：「回去幫妳擦藥！」便從圍籬中飛奔出去。我立即將她帶回主屋，在藥櫥裡找尋裝氨水的藥瓶。我盡可能粗魯的將紫色玻璃瓶交給御代，說：「自己擦！」

當天下午，我搖搖晃晃的搭乘從附近城鎮新開通，有著灰色車篷，外

型粗糙的公共汽車，離開家鄉。雖然家人叫我搭馬車去，但是廂型馬車上裝飾的家徽，黑亮亮的，有貴族味道，我不喜歡。我和御代兩人一起採摘的一籠葡萄，放在膝上，意味深長的望著舖滿落葉鄉村小道。我很滿足，即使只有那麼一丁點的回憶可以留在御代的心中，對我而言，已經盡力了。御代已經屬於我了，我放下心來。

那年的寒假，是我中學生涯最後一次假期。隨著回鄉日期的接近，我和弟弟彼此間都覺得有幾分尷尬。

終於一起回到家，我們先是面對著廚房的石灶盤腿而坐，接著又張大眼睛慌張的環視家中每一個角落，御代不在，彼此不安的眼神數度交會。那天，吃完晚飯後，我們被二哥找去他房間，三個人鑽進桌爐裡，玩撲克牌。我拿到的牌清一色全都是黑的，由於有聽到一些傳聞，所以乾脆問二哥。「聽說女僕少了一個。」我用手中五、六張牌遮住臉，以似乎很專心的口氣問。我心中暗自決定，假如二哥深入追問的話，幸好有弟弟在場，那就老實說出來吧！

二哥一面歪著頭，不知該出手中哪張牌，一面說：「你說御代啊，她跟婆婆吵了一架，回家去了。眞是一個固執的傢伙！」接著，拍一聲丟下一張牌。我也丟了一張牌，弟弟也靜靜的丟下一張牌。

經過四五天，我到雞舍的看守小屋去。負責看守的是一位喜好小說的青年，我從他這裡打聽到更詳細的情形。御代曾被某位男僕玷污過一次，這件事被其他女傭們知道了，因此才待不下去。由於那名男子另外還做了許多壞事，所以當時已經被趕出我家了。儘管如此，青年還是說得太誇張了，甚至連那名男子吹噓的說御代事後還小聲的說「不要、不要」的話都說出來了。

正月過完，寒假也將近尾聲，我和弟弟二人一起到書庫去翻看各種藏書和卷軸。從又高又明亮的窗戶隱約可見降雪的情景。自從父親過世，大哥繼承家業之後，家中每一房間的裝飾，乃至於這些藏書和卷軸之類的物品，都逐漸在改變，我每回回家，都會興趣盎然的去觀看。

我攤開一卷似乎是大哥最近才購買的卷軸一看，是一幅棣堂花飄落在水面的畫。弟弟站在我身旁，一面不時對著凍僵的手指頭吐出白白的熱氣，一面認眞的看著從大型照片箱中取出來的數百張照片。不久、弟弟遞給我一張還硬硬的新的四吋照片。一看，是御代在最近陪伴我母親到叔母家時，和叔母三人一起合照的照片。母親獨自坐在較低的沙發，叔母和御代高度相同的站在後面。背景是薔薇盛開的花園。我們湊近彼此的頭，又再注視那一張照片好一會兒。

我在心中早已和弟弟和解了，御代的那件事也拖拖拉拉的一直沒告訴弟弟，所以才能假裝比較鎭定的模樣來看這張照片。御代似乎動了一下，所以從臉到胸部的輪廓有點模糊不清。叔母把雙手交叉放在腰帶上，看起來十分耀眼，我覺得跟本人實在很像。

【附　錄】

盲人繪本

每晚都彷彿有萬朵花朵在我的眉間狂舞，
那些無窮無盡的講話聲，今晚不知為何，
竟然宛如完全停止下雪後的天空般空無一物，
只剩下我一個人。

什麼都別寫，什麼都別讀，什麼都別去想，只要活著就好！

遠古時代就是這樣的藍天，大家最好別被這片藍天給欺騙，人間再也找不出比它更殘酷的面貌。你甚至連一個銅板都不曾給我過，我就算死了也不會去拜託你。

刷牙、洗臉，接著躺在迴廊的籐椅上，不發一語的看著妻子洗濯的模樣。洗臉盆的水溢流到庭院的黑土中，無聲無息的流著，水到渠成。假如有一篇小說能像這樣的話，即使千年萬年之後也仍會繼續存在。我稱之爲人工之極致作品。

有一雙銳利眼光的主角，要到銀座，舉起一隻手，叫了一部計程車，故事就從這裡開始。而且這位主角是一位胸懷遠大理想，爲了完成理想，嘗盡艱辛，他那令人欽佩的阿修羅身影，已深植千百名讀者心中。這篇小說的開頭與結尾都十分完美，沒什麼可動搖之處——我也想寫出像這樣的一篇小說。

我在中學時代的一位友人，最近娶了一位穿洋裝的新女性爲妻，但她竟然是一隻狐狸所化身的。我雖然很清楚這件事，可是卻覺得實在太可憐而不敢直接說出來，因爲這隻狐狸深愛著我這位友人。被野獸魅惑的友人，不知是否是我太過敏感，一天一天消瘦下去。我佯裝不知情，專心的準備寫出一篇頭尾一氣呵成的小說。或許友人還是不知道這件事比較好。我曾看過友人的書架上有一本《人生四十才開始》的書，他自己也自認爲自己的生活過得很健康，而且就連鄰居們也都認爲他很健康。假如友人在讀過那篇小說之後說「你的那篇小說救了我」的話，那麼我寫那篇小說就很有價值了。

不過，已經不行了！現在，親眼看見水無聲無息的流的樣子，已經不行了！小說！就算寫出百篇傑作，對我而言，又算什麼呢？（約三小時）我並沒有睡著喔！對了！借用你所說過的話，我陷入沉思當中了。

我翻了一頁《沉草紙》。「心砰砰跳——從小養大的麻雀，飛過孩子們在遊玩的地方。柴火燒得十分旺盛，有一個人仰臥在旁邊。銅鏡中隱約可見。云云」我試著把自己的話組織起來。「眼不明，耳也不聽，捧在手中，不知不覺間便從指縫間流失，沒人知道，深藏在心中的那分空虛。故意不還欠人的三圓（因為我是貴族之子）。一位肌膚雪白的女子，全身赤裸的躺著（雖是活生生的人，但以此象徵悲哀），面貌非我所能比擬，相當難能可貴且莊嚴肅穆。在慶典上。」已經可以了。在我七歲時，在家鄉所舉辦的小型賽馬場上，我看見那隻獲得優勝的馬匹，得意滿面的模樣。我一直指著牠大聲嘲笑，從此以後，我開始陷入不幸。雖然我很喜歡慶典，而且喜歡得不得了，但我卻佯裝感冒，在慶典那天，一整天都躲在陰暗的房間裡睡覺。

「啊！寫了幾張了？」（我叫住在隔壁的十六歲少女待子替我寫下我的獨白）待子舔了舔食指，數了數說：「一張、二張、三張、四張，再加三行。」

「可以了！謝謝！」從待子手中接過五張稿紙，每一張稿紙當中平均

都有三十個左右的錯字，我並不以爲意，仔細的加以修正。我有些失望的說：「只有五張啊！」

從前在江戶町有一位一直在數盤子的女鬼，名叫阿菊，不論數過多少遍，盤子總是少一個，而且剛好少一個。我終於能深刻體會這個女鬼不甘心的心情。

這回我躺著獨自執筆試著寫。

現在，鄰家少女正坐在我所躺的籐椅旁，輕輕的靠著一旁的桌子，隨意翻看一本名爲《非望》的文藝札記。我先來寫點有關她的事吧！

我搬到這塊土地來住，是在昭和十年七月一日。八月中旬時，我被鄰家庭院中的三棵夾竹桃給吸引住，很想擁有。我請妻子去向鄰人請求，要他們隨便哪棵都行，讓一棵給我。妻子一邊換上和服，一邊說：「給錢似乎有些失禮，還是拿前不久我從東京帶回來的禮盒或是其他東西去，比較好。」

不過，我卻說給錢比較好，於是便交給妻子二圓。

妻子前去鄰家後回來表示，鄰家的主人是名古屋私人鐵路局的站長，一個月只回家一次，家中只有女主人和一位十六歲的女兒，有關夾竹桃的事，他們倒覺得有些受寵若驚，表示不管哪棵，只要喜歡都無所謂。據說是一位相當親切的太太。

第二天，我開始去鎮上找園藝工人，帶他到鄰居家。一位容光煥發，身材嬌小玲瓏的四十歲左右婦人前來招呼我們。略胖、說話十分和藹可親，我也對她頗有好感。最後決定將三棵當中，中間的那棵夾竹桃讓給我，我坐在鄰家的迴廊上和她說話。我記得當時談話的內容，大致如此：

「我的故鄉在青森，夾竹桃是很罕見的。我比較喜歡盛夏的花。合歡木、百日紅、蜀葵、向日葵、夾竹桃、蓮花，還有卷丹、夏菊、蕺菜，我全都很喜歡。只有木槿，我很討厭！」

我對於自己一一細數腦中所浮現的許多花名一事，感到十分生氣。大失策！說完這些，我突然不再說一個字。要回家時，對靜靜坐在女主人背後的小女子說：「來我家玩！」少女應了一聲「嗯」便安靜的跟在我後面，一走進我家後，隨即坐下來。

大致情形，確實如此。我對於對夾竹桃一頭熱一事，感到有點後悔，因此將種植這棵樹的所有事情，全都交給妻子處理，自己則在八坪大的客廳，和待子聊天。我無來由的對書中第二、三十頁附近所寫的 at home 這句話，感到十分溫暖，因而忘我的聊起來。

第二天，待子在我家的信箱中，投進一張摺成四摺的西式紙條。我因爲睡不著，那天早上比家人還早起床，一邊刷牙，一邊走到外面拿報紙，發現了那張紙條。紙條上，這麼寫：「你是一個令人尊敬的人，絕對不能死，雖然沒有人知道，但我願意爲你效勞，不論任何事。我隨時都可以去死。」

我在吃早飯時，把紙條拿給妻子看。我告訴妻子，她一定是一位好孩子，並且請妻子去拜託鄰人讓這孩子每天都來家裡玩。

接下來，待子每天都來我家，沒有一天缺席。

「待子皮膚那麼黑，乾脆去當產婆好了！」有一天，我因爲其他事而生氣時，這麼對她說。雖然並非眞的長得又黑又醜，但鼻子塌塌的，面貌也並不怎麼美麗。唯獨嘴角兩邊都往上揚起，十分伶俐，而且眼睛又黑又大是她最爲傲人之處。有關於身材部分，我問妻子，妻子回答：「以十六歲來說，並不算太高大吧！」另外，有關於裝扮方面，妻子的意見則是：「總是扮扮得十分素淨，大概是因爲媽媽非常能幹吧！」

我一和待子聊天，偶爾會忘記時間。

「我一滿十八歲，就要去京都的茶館工作喔！」

「眞的呀！已經決定了嗎？」

「聽說母親的朋友開了一家很大的茶館喔！」她口中的茶館，應該指的是飯館。

父親在擔任站長，難道也非這樣做不可嗎？難道眞是如此嗎？我心生不滿，說：「那不就是去當女服務生嗎？」

「嗯！可是……聽說在京都是非常有歷史且很氣派的一間茶館呢！」

「那我也去那裡參觀看看吧！」

「一定要來喔！」她用力的說，接著眼睛凝視著遠方，茫然的唸著；「你要一個人來喔！」

「這樣比較好嗎？」

「嗯！」她停止扭轉袖角，點頭。「如果來的人太多的話，那我存的錢很快就會花光了。」待子打算招待我去玩。

「妳有很多存款嗎？」

「媽媽有替我保險呀！聽說我一到三十二歲，就可以拿到好幾百圓那麼多的錢呢！」

某天夜晚，我突然想起「弱女生下無父兒」這句話，心中不免擔心起來，待子會不會是身體很虛弱的弱女子，於是便決定要問一下待子。

「待子，妳愛不愛惜妳自己的身體呢？」

待子正在幫忙妻子打掃隔壁六坪大的房間，她彷彿曲終人散般鴉雀無聲了一會兒，不久，「嗯！」她回答。

「是嗎？好。」我翻個身，又閉上眼睛，終於安心了。

前不久我當著侍子的面，將煮得正滾沸的鐵壺丟向妻子。因爲我發現妻子寫了一封信給我一位貧窮的友人，打算要偷偷的寄錢給他，於是我要妻子別多管閒事，踰越身分。但妻子卻一臉不在乎的回答：「這是我的私房錢！」

我聽了，不禁火冒三丈，「怎麼能讓妳那麼任性？」說完，將鐵壺用力丟向天花板。

我精疲力盡的跌坐在籐椅上，抬頭看見侍子。侍子手握剪刀，站著。是不是想要刺殺我？還是想要刺殺妻子？我隨時都可以讓她刺殺，於是假裝沒看見，不過妻子似乎並未發現。

侍子的事，就寫到這裡吧！我不想再寫下去。我是眞的把她看得比自己的生命還重要。

侍子已不在我身邊了。我已經讓她回家去了，因爲太陽已經下山了。

夜晚來臨，我必須上床睡覺了。已經整整三天三天，不論我用盡任何

手段都無法入眠。因此，很想睡，整天都昏昏沉沉的。這種情況，妻子比我更慘，有時還會哭著說：「你摸一摸我的身體，一定就可以睡著。」我照著她所說的去試試看，結果還是不行。這時我的目中，出現鄰村樹林附近，宛如薊花般的燈光。

我現在非睡不可，然而卻非得將寫了一半的創作，做個結尾。我將稿紙和 **BBB** 鉛筆，放在床頭。

每晚都彷彿有萬朵花朵在我的眉間狂舞，那些無窮無盡的講話聲，今晚不知爲何，竟然宛如完全停止下雪後的天空般空無一物，只剩下我一個人，羞愧的念頭惡作劇般在腦中翻來覆去，眞想乾脆變成石頭算了。用捕蟲網去捕捉在連手都無法觸及的遠方天空飛舞的水色蝴蝶，好不容易抓到兩、三隻，雖然明知它是空洞的話語，不過還是抓到了。

夜的語言。

「但丁——波德萊爾——我。我想這條線大概是一條粗鋼絲直線吧！除此之外，再也沒有其他人了。」「死了，又再前進！」「爲求長生不老而活」「失敗之美」「只說事實。我在晚上到戶外閒逛，任何無益於身體的，身體立刻會感受到，因爲它很清楚。竹手杖（我知道附近的人都稱它為竹鞭），如果沒有它，散步的趣味就會失去大半。一定得用它去戳電線桿、去敲打樹幹、去砍倒腳下的雜草。轉眼就來到漁村，大家全都在睡覺，一片寂靜。因爲還是三更半夜。泥海，我穿著木屐走海中。正在刷牙，一心只想死。有一個男子在大聲吆喝（別滴下來！小心一點！）我喃喃自語（你才別滴下來！擔心你自己吧！）船橋村裡有許多狗四處亂竄，一隻隻都對著我狂吠。藝妓坐上黑色的人力車，從我身旁經過，從薄薄的車篷回頭看。八月底，妻子在澡堂聽見有兩名皮膚不怎麼漂亮的藝妓在談論我說：仔細看還眞不錯。（你的長相一定很受二十七、八歲的藝妓們喜愛。下次再拜託家鄉的哥哥，讓你也納妾吧！真是的！）妻子坐在鏡台前，邊擦粉邊說。（已經一年，不，已經快了有半年了！）那間矮屋簷人家的掛鐘，開始噹噹響起。我拖著不良的左腳跑。哎呀！這個男人逃走了。賣白米的老闆拚命的在工作賺錢，全身都沾滿了白色的白米粉末，爲了妻子及三名流著鼻涕的兒子，也爲了妻子的和服腰帶和兒子的玩具而努力。我（我現在不也是很努力嗎？我並不覺得丟臉！）聽見碾米機的聲音」、「佐藤春夫說：『這是最不好的不良嗜好。』因此才想要在此處闡述那些被誇大其實的事物之美。」「文人相輕，文人相重。走了，又回來──秤安眠藥的精緻磅秤，面無表情的護士粗魯的移動磅秤。」

首班電車。

天亮了，即使天完全亮了，我也起不來。就在如此糟糕的早晨，我吩咐妻子，倒一些酒來給我。非得起床刷牙的想法，其實是很悲哀的，一點都騙不了人。這時，小孩子就會要點「糖」吃。對我而言，當然就是一杯酒，我嚴肅的邊喝酒，邊眺望庭院，並睜大我那惺忪的睡眼。在庭院的正中央，有一座一坪大的扇形花圃。轉眼秋天已到，秋風冷得令人有些受不了，「院子裡，至少也得讓它熱鬧一點！」我想起我曾在妻子面前說過這麼一句話。

二十種左右的草花球根，在今早我尚在睡夢中時，已被種下，而且在扇形花圃裡，更插滿了令人眼花撩亂的白色厚紙牌，上面寫著每一種草花的名稱。

「德國鈴蘭」、「鳶尾」、「鈴蘭」、「君子蘭」、「白色孤挺花」、「西洋錦風」、「流星蘭」、「長太郎百合」、「風信子」、「紫丁香」、「鹿子百合」、「長生蘭」、「混種石竹」、「電光種玫瑰」、「四季牡丹」、「密瑟斯宛種鬱金香」、「西洋芍藥」、「黑龍牡丹」——我一一將它們記在稿紙上。

我掉下淚來，淚水沿著臉頰，流到裸露的胸口。有生以來，第一次出醜。扇形的花圃，以及風信子。活該！再也無法挽回了！所有看到這座花圃的人，一定會發現我極力隱藏的愚蠢的土包子氣息。扇形、扇形，啊，拿到眼前一比，很無奈的竟然是一幅與我不相上下的殘忍無比的諷刺畫。

隔壁的待子讀了這篇小說之後，一定不敢再來我家了吧！因爲我傷害了待子。是否也因爲如此，所以眼淚才會一滴接一滴流不止呢？

不要！扇形對我何用？我也不需要待子。我是爲了要努力讓這篇小說

順理成章的完成，才哭泣的。

我就算是死了，也非得巧言令色不可，這是鋼鐵般的原則。

在此刻要與讀者告別之際、在這十八張的小說中，一邊細數用十指來算都不夠算的大自然花草樹木名稱，我對於它們的姿態，我可以很驕傲的說我在寫任何一行，不，任何一句時，內心都不曾掉過一滴眼淚。既然如此，走吧！

「君子之器如水！」

【附　錄】

列　車

對話一結束，大夥又變得更加彆扭，
我實在看不下去，悄悄的離開阿哲那裡，
在長長的月台上徘徊。
從列車下方吐出的蒸汽，變成一道冷空氣，
白白的，繚繞在我的腳下。

一九二五年在一處名爲梅鉢工廠的地方，製造了一輛C五一型的火車頭。在同一工廠，同一時期又製造了三等客車三輛，餐車、二等客車、二等臥鋪車各一輛，其他還有運送郵件及行李的貨車三輛，總共九部車廂，大約可搭載二百名的旅客，以及超過十萬封的信件和纏繞在其中的許多令人心痛的故事。

不論颳風或下雨的日子，到了下午兩點半，活塞一開便從上野奔向青森。有時還會聽到送別時高呼萬歲的聲音，或是揮著手帕呼喊對方名字的聲音，抑或是嗚咽的接受生離死別般的道別。列車號碼是一〇三一。一聽號碼就令人不舒服。一九二五年至今，已經過了八年，在這段期間，這部列車不知已經活生生拆散了幾萬人的愛情。現在，我也因爲這部列車而遭到極悲慘的命運。

那是去年冬天，當汐田送阿哲回家鄉時所發生的事。

阿哲和汐田住在同一個村莊，兩人自小感情就很好。我和汐田則是高中時住同一間宿舍的室友，所以有時汐田會告訴我有關他的這段戀愛故

事。由於阿哲是出身貧窮人家的女兒，因此家境富裕的汐田家並不同意他們的婚事，爲此汐田還跟父親發生常激烈的口角衝突。衝突之初，汐田激動得差點暈倒，最後卻滴滴答答的流出鼻血來。就連如此憨直的插曲，也都讓年輕的我異常心跳不已。

這時，我和汐田都從高中畢業，一起進入東京的大學就讀，接著經過了三年。這段期間雖然對我而言，是很難捱的一段歲月，但是汐田似乎並沒有這種困擾，每天都過得十分逍遙自在。

我最初所租的房子就在大學附近，所以汐田在剛入學時，曾二三次借住在那裡。但是因爲環境、思想不同，而逐漸背離的兩個人，已經無法像以前那樣水乳交融了。或許是我的怪癖，當時阿哲如果沒有上東京來的話，汐田一定打算永遠不再和我來往吧！

汐田和我切斷友好關係後的第三年冬天，突然跑來我位於郊外的家，告訴我阿哲來東京的事。阿哲因爲等汐田畢業等得不耐煩，獨自一人偷跑到東京來。

當時我也已和一位不識字的鄉下女子結婚，如今對汐田所做的那件事，早已不再興奮，也逐漸失去那種年輕的感覺。雖然對汐田出其不意的來訪，感到些許倉皇失措，但是，卻也不忘探究他來訪的眞正用意。將有一名少女爲他離鄉背井的事告訴知己，將如何滿足他的虛榮心啊！我對於他得意洋洋的樣子，感到相當不愉快，甚至開始懷疑他對阿哲是否眞心。

我的這個懷疑，很殘酷的不幸命中了。他向我說了一大串，看起來既驚喜又感激的模樣，最後，眉頭一皺，小聲的開口問：「該怎麼才好？」

我一開始就對這種無聊的遊戲不表同情，所以便順著汐田的想法，直截了當的說：「你也變得能言善道了嘛！假如你已經不再像從前那般愛阿哲的話，那只有分手囉！」

汐田嘴角往上揚，微微笑，若有所思的說：「可是……」

過了四五天，我收到汐田寄來的限時信。這張明信片上只簡短的寫著：在衆友人的忠告之下，並且考慮到彼此的將來，將讓阿哲返鄉，她將於明天兩點半搭火車回去。我雖然並未受請託，卻立即決定要去送阿哲，

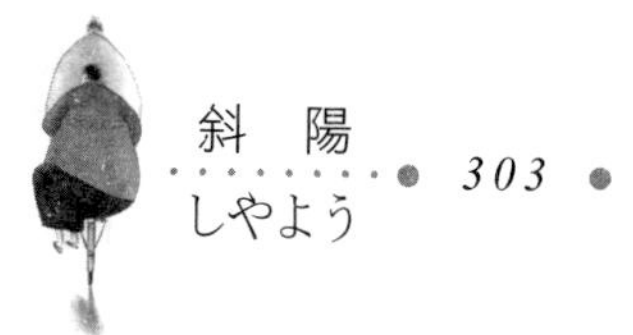

因爲我是一個很容易輕舉忘動的悲劇性格人物。

第二天，一大早就開始下雨。

我催促我那固執的妻子一起前往上野車站。

一〇三號列車在冰冷的雨中吐著黑煙，等待發車時刻的到來，我們從列車的窗戶，一個一個仔細的找。阿哲坐在緊接著火車頭的三等客車裡，雖然在三四年前曾在汐田的介紹下見過一面，但比起那時候，她的臉明顯白了許多，下巴也豐腴許多。

阿哲也並沒忘記我的長相，我一叫，立刻從列車的窗戶探出半截身體，高興的和我打招呼。

我把妻子介紹給阿哲認識。我之所以會特地帶妻子來，是因爲她也和阿哲一樣，都是窮人家的女兒，我妄下判斷認爲因此要安慰阿哲，無論是態度或用詞，妻子一定比我表現得更得體。然而，我完全失策了。阿哲和妻子只是彼此有如貴婦人般互相點了點頭致意，一句話也沒說。我心想，眞的很糟糕。那是什麼符號？在客車的側面，用油漆寫著小小的 SUHA-

FU/34273的文字，我用洋傘的傘柄叩叩的敲打字的旁邊。

阿哲和妻子開始簡短的談論起天氣。當這個對話一結束，大夥又變得更加彆扭，阿哲胡亂的或屈或彎她那原本規矩的擺放在窗緣的十根指指。我實在看不下去，悄悄的離開阿哲那裡，在長長的月台上徘徊。從列車下方吐出的蒸汽，變成一道冷空氣，白白的，繚繞在我的腳下。

我佇立在電子鐘附近，眺望列車。列車被雨淋得像洗過一樣，又黑又亮。

從第三節第三等客車的窗戶，伸出一張黝黑的臉，驚慌的向五六名來送行的人點頭。當時日本已開始和某國正式交戰，我想他大概是被徵召的士兵吧！我彷彿看到了不該看的東西似的，難過得快窒息。

數年前，我和某個思想團體有些微關係，不久之後藉口沒什麼好出風頭的，就離開那個團體了。現在，凝視著眼前的這位士兵，以及受盡侮辱而回家的阿哲，我實在也沒什麼話好替自己辯解了。

我抬頭看了一下頭上的電子鐘，距離發車還有三分鐘，我實在受不了

了。不管是誰都會這樣，可是對一個送行人而言，不會有人在發車前三分鐘是沉默不語的。由於該說的話已全部說完，所以只有無意義的互相對看著，更何況今天的這種情形，我甚至連該說的話，一句話也想不起來，不是嗎？假如妻子是個更有才華的女子的話，我至少也會輕鬆一點。瞧！妻子雖然站在阿哲的旁邊，卻一臉不高興的模樣，從剛才開始就靜靜的站著。我索性走向阿哲的窗邊。

就快開車了，列車即將向前行駛四百五十哩，月台頓時緊張起來。我的心中早已沒有空閒好去考慮別的事，因而把安慰阿哲的事，很不負責的用「災難」二字來形容。然而，腦筋遲鈍的妻子卻在此刻，用她剛學習的粗淺知識，低聲讀出掛在列車側邊的青色鐵牌上，沾滿水珠的文字：**FOR A-O-MO-RI**。

【附　錄】

玩　具

我和祖母並排躺著，安靜的看著死人的臉。
美麗又有氣質的祖母，白淨的臉上，
從額頭兩端起了一些小小的、皺縮的波紋，
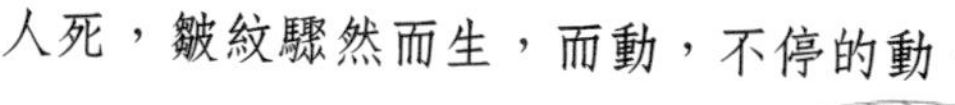
人死，皺紋驟然而生，而動，不停的動。
皺紋的生命。

怎麼辦？每天都在想該怎麼做，就這樣一天又一天的過去了，但不論怎麼做，有時也會變得十分無奈。這時，我就會宛若斷線的紙風箏，輕飄飄的飄回老家。穿著家居服，連帽子都沒戴，雙手插在口袋，悄悄的走進距離東京二百里遠的老家大門裡。順利的打開雙親房間的拉門，佇立在門檻上，正用放大鏡看報並低聲唸著政治消息的父親，以及在一旁做裁縫的母親，全都臉色一變，站起來。

有時候，母親會發出宛如撕裂絹布的聲音般，咂——一聲叫起來。盯著我看了一會兒，確定我有面皰，也有腳，並不是幽靈，父親隨即化爲憤怒之鬼，母親則掩面哭泣。本來我自從離開東京那一刻起，便假裝已死了。不管受到父親多麼嚴厲的責罵，以及聽到母親如何悲傷的泣訴，我只是露出不解的微笑回應而已。世人常說如坐針氈，但我卻感覺如坐雲霧之間，只是一陣茫然。

今年夏天也一樣。我需要三百圓，不，正確應該說是只需要二百七十五圓。我很討厭貧窮，認爲人只要活著就必須請客，以及穿華麗的和服。

我知道老家中現金不到五十圓。可是我也知道，老家的倉庫深處某個角落，還有二三十個寶物，於是我偷了它。我已經來回偷了三次，今年夏天是第四次。

文章寫到這裡，我還十分有自信，傷腦筋的是，往後我的態度。

我對於這篇取名爲玩具的小說，究竟是要展現完美的態度，還是要展現準標的愛恨情仇？然而，我只能盡可能的用抽象性的言詞表達，不得不再三謹愼。因爲一點效果都沒有。倘若說出一件道理之後，最後又一再隨後緊追著前言跑，就會變成註解滿天飛了。因此，對於剩下的部分，只有充滿頭痛、發燒和廢話連篇的自責，以及很想掉進糞坑中淹死的那分衝動。

相信我！我現在想寫這樣的小說。有一位叫我的男子，透過某種不起眼的方法，喚醒自己三歲、二歲及一歲時的記憶。我要敘述的是這位男子三歲、二歲及一歲時的回憶，但它絕非恐怖小說。因此，這篇小說的內容就是某一位男子三歲二歲一歲時的回憶，其餘的事，就不須贅述了。用「想起我三歲時」做爲開場白，逐漸再引申出種種回憶，再到二歲一歲，最後敘述自己出生時的記憶，然後慢慢收筆，這樣就大功告成了。不過，在這裡就已經產生究竟要展現完美的態度，還是要展現標準的愛恨情仇這個問題。

所謂完美的態度指的就是處理手法。對對方或哄騙，或安撫，當然還得不時邊恐嚇邊敘述，一旦時機成熟，便隨著某句具有深意的話，突然讓自己消失。不，並非完全消失，只是快速的藏身於門後而已。不久，門一打開，露出天真無邪的燦爛笑容，這時，對方的身體便會變成心中所想的模樣了。

所謂的處理手法，就是指處理的技術，也就是一位作家真摯想設法使它更精進的對象。我也並不討厭它，我計劃要在這名嬰兒的回憶字句當中，使用一個巧妙的處理手法。

在此我有必要清楚的決定我的態度，因爲我已經察覺到我的謊言已快要揭穿了。我雖然一直表現出已經逐漸遠離完美的態度，但在運筆時卻仍不斷謹愼小心避免又再回到完美態度時會受到傷害。開場白的數行並未刪除，就讓它繼續留著，從這點來看，應該可以立刻想到這些才對。而且，用堅定不搖的自信之金鎖將這幾行鎖在讀者的心中，這或許才眞的是高明的處理手法。事實上，我打算要回去。開始時略有提及的那位男子，爲何會想要喚回自己三歲二歲一歲的記憶？爲何可以喚回記憶？以及剛喚回記憶時，男子遭到旁人如何看待？這些我全都已有腹案。我想把這些加在嬰兒所回想起的話語前後，然後創造出兼具完美態度與標準的愛恨情仇模式的小說。

已經不必再提防我了。

我已經不想寫了。

這樣寫好嗎？如果我嬰兒時的回憶也可以的話，如果一天可以只寫五、六行的話，而你也願意仔細的讀的話，好！敬祝不知何時可以完成的這件無意義的工作，出發順利！讓我和你一起虔誠的舉杯祝福吧！工作從此開始。

我想起自己出生後第一次站在地上時的事。雨過天晴的藍天、雨後的黑土、梅花，這一定是在後院。女人柔軟的雙手抱著我的身體到那裡，接著悄悄的讓我站在地面上，我完全毫不在乎的走了二步或三步。突然我的視覺捕捉到地面向前無限延伸的寬闊畫面，我的雙腳底下的觸覺，感覺出地面的無限深度，頓時全身凍結，跌坐在地上。我彷佛被火燙到似的哭喊起來。原來是肚子餓得受不了了。

這些全都是捏造的。我只記得在雨後的藍天中，出現一道模糊的彩虹。

事物的名稱，倘若取得十分相稱的話，即使不知道它的原由，也可以獨立做判斷。我問我的皮膚。假如看到了朦朧不清的影像，那個影像所發出的聲音就會搔癢我的肌膚，例如：薊草。對不好的名字，一點反應也沒有。也有些名字即使聽了好幾次，也聽不懂，例如：人。

我兩歲那年的冬天，曾發狂一次。感覺似乎有宛如小豆粒般大的火花

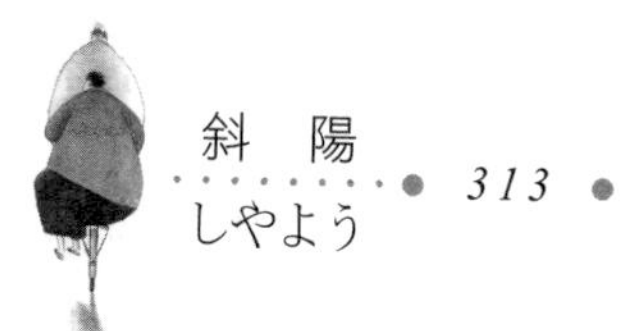

在兩隻耳朵裡，霹哩啪啦爆開，不禁用雙手摀住左右兩邊的耳朵。於是耳朵便不再聽見那些聲音了，只是不時聽見從遠處流過的水聲而已。淚水滴下來，不久眼珠感到一陣刺痛，周圍的顏色逐漸改變了。我心裡想難道是眼睛裡有彩色玻璃嗎？很想把它拿出來，數度掐起眼皮。

原來是我躺在某人的懷中，凝視著地爐中的火焰。看著看著，火焰變成一片黑暗，彷彿海底的海草般隨波搖擺，眞是奇景。綠色的火焰就像緞帶，而黃色的火焰則像是一座宮殿。不過，當我最後看見彷彿牛奶般純白的火焰時，幾乎已渾然忘我了。「喂！這孩子又尿濕了。這孩子每次撒尿，都會直打哆嗦。」我記得不知誰曾這麼說過。我有點難爲情，滿心歡喜。這種高興一定只有帝王才有。「相信我！這件事沒人知道！」這並不是輕視。

相同的事，發生了第二次。我有時會跟玩具交談。秋風狂嘯的深夜，我問枕邊的不倒翁：「不倒翁，你冷嗎？」不倒翁回答：「不冷！」我又再問一次：「眞的不冷嗎？」不倒翁回答：「不冷！」「眞的」「不冷！」睡在一旁的某人看著我們笑說：「這孩子好像很喜歡不倒翁，總是靜靜的看著不倒翁。」

大人們全都熟睡之後，我知道就會有四五十隻老鼠在家中四處亂竄，偶爾還會有四、五條錦蛇在榻榻米上爬行。由於大人們鼾聲四處，睡得很熟，所以根本不知道有這些事。老鼠和錦蛇甚至還跑到床上來，但大人們卻一無所知。我在晚上幾乎一整晚眼睛都是睜開的，一直到天亮，大家醒來之前才稍微睡了一下。

我在大家全都不知情的情況下發了狂，不久之後，又在大家全都不知情的情況下恢復了。

這是發生在更年幼時的事。每一次看見麥田裡的麥穗隨風擺動的樣子，我都會想起這件事。我在麥田底下發現兩匹馬，紅馬和黑馬。我的確很努力忍耐著，因爲我感覺出力量的存在，因此即使這兩匹馬根本無視於就在一旁的我，對我十分無禮，我卻連感覺不滿的餘地也都沒有。

我又看見另一匹紅馬，或許是同一隻也說不定。牠好像正在做針線活，不久又站起來，啪噠啪噠的拍打和服的前面。或許是爲了要拍掉線屑吧！彎下身體，用縫衣針朝我一邊的臉頰刺過來。「孩子，痛嗎？痛嗎？」

我痛死了！

若拗手指頭來算，我的祖母是在我出生後第八個月時去世的。當時的記憶，印象最深刻的就是薄霧中裂出一個三角形空隙，從這裡可以偷窺到白晝的透明天空的寶貴肌膚。祖母的臉和身體都很小，頭髮的樣子也小小的，穿著上面佈滿宛如芝麻粒般大小的櫻花花瓣的縐綢禾服。我被祖母抱在懷中，邊陶醉在香料的清爽香味中，邊眺望天空中烏鴉嬉鬧的模樣。

祖母哎呀的大叫一聲，把我甩到榻榻米上。一面翻滾落下，我一面望著祖母的臉。祖母的下顎抖得十分厲害，甚至潔白的牙齒還數度碰撞得卡卡作響。不一會兒，突然仰面朝天昏睡過去。眾人全都跑到祖母身旁，一起發出如鈴蟲般微弱的聲音，開始啜泣。

我和祖母並排躺著，安靜的看著死人的臉。美麗又有氣質的祖母，白淨的臉上，從額頭兩端起了一些小小的、皺縮的波紋，這些皮膚上的波紋擴散至整張臉，不久祖母的臉便全佈滿了皺紋。人死，皺紋驟然而生，而動，不停的動。皺紋的生命。就是這樣的文章。再也忍受不了惡臭，於是從祖母的懷中爬出去。

祖母的搖籃曲至今仍在我的耳中迴盪。「狐狸要出嫁，找不到新郎」其餘的後話，有不如無。

震動深處無助的生命絕唱

日本無賴派文學大師太宰治代表作品

人間失格

にんげんしっかく

太宰治 著

纖細而敏感的人最容易在人間受苦，幸福並非理所當然，美麗往往象徵著沉重的壓力。
明知道越沉淪越沒人格，仍舊選擇邁向無法自拔的深淵。
深深的絕望源自內心的迷茫，為了逃避現實而不斷沉淪。
經歷自我放逐，終究一步步走向自我毀滅的悲劇。
日本無賴派文學大師太宰治藉由小說主角的人生遭遇，巧妙地將自己的一生與思想涵蓋其中。
認為自己是個「失去人格的人」，在小說中描寫一個中年男子的墮落過程。
實際上是拿著文學的利刃，切割自己最柔弱的內心深處……

別為了惱人的小事，放棄更多快樂的事

喬治・彭斯曾說：「如果有什麼事不是你的力量能控制的，那麼就沒有必要發愁；如果你還有什麼辦法可想的話，那還有什麼好發愁的？」

遇事不用大腦，無端地煩惱，無端地為小事焦慮憂愁，是現代人的通病。如果事情不是你能力所及，再怎麼煩惱也無濟於事，如果問題是你能處理的，又何必為了暫時不順利而苦惱發愁呢？只要能明白這層道理，就不會再為了小事鬱悶，轉而用微笑代替煩惱。

文學經典

02

斜陽

國家圖書館出版品預行編目資料

斜陽／

太宰治著. 一第1版. 一：新北市, 前景

民107.01面；公分. -（文學經典：02）

ISBN⦿978-986-6536-60-1（平裝）

作　　者　太宰治
社　　長　陳維都
藝術總監　黃聖文
文字編輯　盧琬萱・張慈婷
出 版 者　前景文化事業有限公司
行銷企劃　普天出版家族有限公司
新北市汐止區康寧街169巷25號6樓
TEL / (02) 26921935（代表號）
FAX / (02) 26959332
E-mail：popular.press@msa.hinet.net
http://www.popu.com.tw/
郵政劃撥 19091443 陳維都帳戶
總 經 銷　旭昇圖書有限公司
新北市中和區中山路二段352號2F
TEL / (02) 22451480（代表號）
FAX / (02) 22451479
E-mail：s1686688@ms31.hinet.net
法律顧問　西華律師事務所・黃憲男律師
電腦排版　巨新電腦排版有限公司
印製裝訂　久裕印刷事業有限公司
出 版 日　2018（民107）年1月第1版
ISBN⦿978-986-6536-60-1　條碼 9789866536601

普天之下・盡是好書
普天出版家族
Popular Press Family
凌雲文創
A-Plus Creative Company